教育部高校思想政治工作精品项目："兵团精神"融入文化育人体系建设
教育部"一省一策"思政课集体行动支持计划："兵团精神"融入思政课建设

兵团精神育人系列丛书

老连长讲故事

胡友才 主编

新疆生产建设兵团出版社

图书在版编目(CIP)数据

老连长讲故事 / 胡友才主编.——五家渠:
新疆生产建设兵团出版社,2020.12(2024.4重印)
ISBN 978-7-5574-1478-8

Ⅰ.①老… Ⅱ.①胡… Ⅲ.①故事-作品集
-中国-当代 Ⅳ.①I247.81

中国版本图书馆 CIP 数据核字(2021)第 186332 号

老连长讲故事

出版发行	新疆生产建设兵团出版社	
地　　址	新疆五家渠市迎宾路 619 号	
邮　　编	831300	
电　　话	0994-5677185	
发　　行	0994-5677116	
传　　真	0994-5677519	
印　　刷	永清县晔盛亚胶印有限公司	
开　　本	16 开	
印　　张	15	
字　　数	160 千字	
版　　次	2020 年 12 月第 1 版	
印　　次	2024 年 4 月第 2 次印刷	
书　　号	ISBN 978-7-5574-1478-8	
定　　价	60.00 元	

序一

前几年,凡到过军垦第一连参观的中外游客,都会见到一位耄耋老人,身着 20 世纪 50 年代初期的黄军装,头戴的军帽上有"八一"帽徽,胸前佩戴着"中国人民解放军"胸章,看上去像是 60 岁左右的"军人"。他见到游客后,会打起快板,用独特的山东方言说:"竹板一打呱呱响,开口就把实话讲……"接着,他会引领游客边走边看边说《开荒歌》:"鸡叫三遍天刚亮,一骨碌从炕上起身,左手拿锄头,右手扛上枪,迈开步子高声唱,斗志昂扬去开荒。"每走到一处景点,他就滔滔不绝地给游客们讲述一个又一个生动形象的故事。他,就是原军垦第一连第三任连长胡友才。

军垦第一连原为中国人民解放军二十二兵团九军二十六师七十七团三营七连的防务驻地,始建于 1950 年 3 月。军垦第一连第一任连长佘宗文(后调至宁夏农垦总局工作,已故),指导员是武德奎(后调伊工,已故)。该连虽经几次变迁,但垦荒初期的模样基本保存。为了弘扬革命精神,2002 年,一五二团党委决定将它重新修复,取名为"军垦第一连",意指兵团第一批垦荒连队。胡友才被团领导选为义务讲解员。他上任后,结合自己的亲身经历并参考有关资料,演绎提炼出一个个军垦故事,声情并茂地一遍又一遍,一天又一天,一年又一年向前来参观的中外游客讲述着……截至 2019 年 7 月 1 日,他已经坚持义务讲解十多年,共讲解 6100 余场次,有 90 多万人次聆听过他讲的军垦故事。有的游客听了胡友才的讲解后激动地流下了眼泪,紧紧握住他的手说:"您讲得太好了,感谢您!"

时任国家旅游局副局长程立栋说他是"军垦文化活化石",新疆生产建设兵团原副政委王崇久称他是"鲜活的非物质文化遗产",外交部驻哈萨克斯坦大使馆原参赞孙宏治称赞他:"英雄老连长,屯垦又成边，奋斗七十载，英名代代传。"胡友才却说："孙参赞这句话不是送给我个人的，他这是对兵团老一代军人的集体褒奖。"

胡友才还是师市"五老"讲师团成员。他经常深入社区、街道、学校、部队讲传统，曾被国家授予"全国红色旅游先进个人""全国少先队优秀辅导员""全国学雷锋模范老人"等光荣称号。

胡友才1937年4月26日出生在鲁南竹墩村，17岁参加中国人民解放军，历任班长、排长、连长、科长等职。1959年，他随部队集体转业到新疆参加兵团屯垦戍边工作，至今60年了。他把新疆、把兵团称为第二故乡。他亲历了兵团的发展和石河子的变化，他对这片土地有着深厚的感情。1997年，他退休后仍闲不住，积极投身义务宣传兵团精神工作中。1998年，他自费6000元购买了一部佳能照相机和一个采访机，走家串户，到连队、进工厂采访，写新闻，报道身边的好人好事，又撰写了40多篇军垦故事，先后发表在各级报刊上。现在，这些故事汇集成册奉献给读者，让大家更容易了解兵团，以加深对兵团精神的了解，这是件好事。

半个多世纪以来，各级媒体通过各种形式，陆续不断地宣传兵团精神，推动了兵团各项事业的发展。而像胡友才这样一心一意、不怕辛劳坚持了十多年，用快板的形式，生动形象地把当年开荒人拉犁、住地窝、吃麦粒、喝涝坝水等艰苦创业的情景展现在大家眼前，这还是不多的。

新疆生产建设兵团是继承和发扬延安精神、南泥湾精神、西柏坡精神的一个特殊群体，兵团的精神需要发扬光大。兵团人很可敬，积极宣传兵团精神的人更可敬。愿有更多的"胡氏讲解员"不断涌现。

陆振欧

2020年

（序者系原农八师副政委、石河子市政协主席）

序二：有故事和讲故事的"老连长"

在无数个红色文化纪念馆中，新疆生产建设兵团第八师石河子市军垦第一连规模小得不能再小，简单得不能再简单。它静静坐落在离市区 20 公里左右的将军山脚下，不远不近、不离不弃，与生机勃勃的石河子主城区形成了一种时空的对照，一种历史的关联，一种情怀的传递。

军垦第一连记载了很多故事，在这里有一个讲故事的军垦老兵，人们都叫他"老连长"。

老连长名叫胡友才，是军垦第一连第三任连长。"老连长"年代感十足且极为平凡的称谓，却在时光的穿梭中被擦得光亮闪闪，显得极不平凡。在革命战争年代，"老连长"这个称呼是冲锋的号角；在兵团艰苦的创业初期，"老连长"这个称呼是一副破土开荒的犁铧；在兵团改革开放的年代，"老连长"这个称呼是一面攻坚克难的旗帜；在走向民族复兴的新时代，"老连长"这个称呼则升华为兵团精神在和平时代平凡人群中的绽放。

"老连长"已经 84 岁了，耄耋之年正是颐养天年、安享天伦之乐的时候。但是从退休开始，他从未停止讲述那段激情燃烧的军垦岁月，他内心革命英雄主义的烈火从未熄灭。

"老连长"讲军垦故事，感动了八方来客。游客中，有一位从台湾来的年近 60 岁的女士，她听完兵团人的故事，激动地说："天下还有这么好的军队，这么能吃苦，硬是在戈壁滩上建出个美丽城市石河子，只有共产党领导的人民解放军才能创造出这样的人间奇迹！"有来自北京的游客听完胡友才讲述的兵团故事，动情地说："没有兵团，就没有新疆的繁荣和稳定，没有兵团人屯垦戍边，誓死保卫边疆，就没有北京人的安逸生活，我要把我家乡的人，分期分批带到新疆来，听您老讲兵团故事。"

十几年来，"老连长"共义务讲解 6100 余场次，累计接待中外游客 90 多万人次。他的讲解被称为"胡氏讲解法"，被八师石河子市授予"金口宣讲员"称号。兵团原副政委王崇久称他是"鲜活的非物质文化遗产"，时任国家旅游局副局长程立栋说他是"军垦文化活化石"，中华人民共和国外交部驻哈萨克斯坦大使馆原参赞孙宏治称赞他："英雄老连长，屯垦又戍边，奋斗七十载，英名代代传"。老连长曾多次走进石河子大学的课堂，带着他的快板，用他那独特的"胡氏讲解法"为青年大学生讲述军垦故事。大学生们通过"老连长"的讲述，走进了那个陌生而又不能忽略的年代，他们在这个不一样的课堂上感受到了时代的变迁，感受到了精神的力量。

"老连长"讲述的故事大都来源于他的亲身经历和见闻。他热衷于讲革命故事，并不仅仅是因为一个老人对往事的念念不忘和喋喋不休。在"老连长"的记忆里，有太多战友和亲人与他在这里并肩战斗，很多人在这片土地上战斗、开荒、生活，然后倒下和土地融为一体；在他的记忆里，这里曾经是戈壁荒滩，现在却是绿树成荫、高楼林立，充满生机活力。历经这些变迁，"老连长"深知历史故事所承载的精神力量。他如此热爱讲述那些珍藏在记忆中的故事，是想让这种精神永远流传。这种精神的永远流传，需要有故事的人和讲故事的人，需要他们深情而生动的讲述。

习近平总书记曾经讲到："走得再远、走到再光辉的未来，也不能忘记走过的过去，不能忘记为什么出发。"今天我们把"老连长"的故事集结成书，既是满足老连长的一个心愿，更是希望越来越多的青年大学生聆听"老连长"讲故事。希望他们能知道，有一段历史必须牢记，因为那是我们来时的路；有一些人必须铭记，因为他们开创了今天的幸福；有一种精神必须传承，因为我们还要走得更远！

卿　涛

2020 年 12 月 23 日

（序者系石河子大学党委宣传部副部长、精神文明办主任）

目　录

第一章　那位讲述军垦故事的老连长

胡友才作为军垦第一连的特邀讲解员，风雨无阻地在讲解员的岗位上干了十几年。在他的讲解下，石城的建设史有了生命、有了血肉，静止的历史开出了青春的花。那锈迹斑斑的拖拉机、牛车、马车都在无声地诉说着关于兵团人的故事，记录着军垦第一连的历史，铁犁、风车、锄头，一件件劳动工具构成了军垦第一连独特的风景。那丝丝的白发、佝偻的身躯、布满老茧的双手是胡连长在石城的生命痕迹，虽然已到耄耋之年，但是胡连长仍然中气十足，他的身上闪烁着第一代兵团人的自强、自立。

军垦历史的活化石——军垦第一连

1949 年 9 月 25 日,新疆和平解放。解放初期的新疆,经济萧条,民不聊生,部队给养无法解决。为减轻人民负担,中国人民解放军驻疆部队在王震将军率领下,掀起了史无前例的开荒生产大运动,开始了屯垦戍边,很快实现了丰衣足食。

军垦第一连是中国人民解放军第二十二兵团九军二十六师七十七团三营七连率先开荒时留下的遗迹。1950 年 1 月,三营七连的 176 名官兵,在连长余宗文、指导员武德奎带领下,来到将军山下,在这不毛之地,他们挖灶盘锅,住地窝子,喝涝坝水,一日三餐啃窝窝头,不怕苦不怕累,起早贪黑兴修水利,开荒造田,发展畜牧,硬是把不毛之地改造成良田。

20 世纪 60 年代初,团领导为改善官兵们的居住条件,号召官兵们义务劳动,打土块建新房。不久,一排排军营式土木结构平房拔地而起,官兵们搬进新居,告别了昔日的地窝子。50 多年的风雨,把官兵们当年住过的地窝子,毁成了废墟。

2002 年 4 月,一五二团出资 359 万元,将三营七连垦荒遗迹重新修复,建成集参观、游玩、餐饮、娱乐为一体的休闲场所,现在成为兵团屯垦戍边爱国主义教育基地、兵团廉政建设教育基地、师市国防教育基地及石河子多所学校教学实践基地。每年,军垦第一连迎接国内外大量游客前来参观,已是人们了解和传承兵团精神的重要场所。

这正是:地窝子遗迹彰显军垦魂,仗剑扶犁谱写新华章。

"这里面没有江南山清水秀的美景,也没有都市那么热闹繁华,这里是修复后的一个垦荒连队的遗迹,展示的是兵团人艰苦创业的精神,是红色旅游景点,是兵团屯垦戍边爱国主义教育基地、国防教育基地、青少年爱国主义教育基地、石河子大学教学实践基地、中共第八师石河子市党委党校教学基地。人们又称军垦第一连是活的、流动的博物馆。"这是军垦第一连第三任老连长、现军垦第一连"首席讲解员"胡友才经常对参观的人们说的一段话,也形成了胡连长独特的讲解风格,下面就让我们通过胡连长独特的讲解风格,来了解一下军垦第一连。

有人曾问胡连长说:"石河子地方这么大,你们连为什么偏偏要在这山根开荒造田呀?"胡连长对他们说:"当时我们党有政策,不与地方争地争水,凡是条件好的地方,都让老乡耕种,凡是条件差的地方,由我们兵团人去开垦。"这时,胡连长会拿出竹板说:

打竹板走上来,我的名字胡友才,
欢迎大家来参观,我给大家来讲解。
军垦战士不怕苦,夜以继日垦良田。
要想知道兵团创业初期有多难,欢迎你参观军垦第一连。
那里有涝坝水、地窝子群,还有石磨和石碾,
你到了军垦第一连,就让你穿越时空回到 69 年前。
69 年前,我最难忘的 1949 年,
1949 年,王震将军带领十万官兵进天山,
双脚踏进了戈壁滩,历经千辛和万苦,
消灭叛匪乌斯曼,到农村搞土改,
各族人民欢喜,建设边疆保边疆,军人作风代代传。
毛主席下命令,军队集体转业建兵团,
三五九旅去南疆,开辟第二南泥湾,
九军留守玛河边,仗剑扶犁开荒滩。
人拉犁开荒地,戈壁滩上建花园,
军垦战士意志坚,劳动号子冲破天,
挖渠道修农田,引来天山雪水灌粮棉。
六十年不简单,军垦事业大改观,
座座城市拔地起,新疆面貌大改观。

"戈壁明珠"石河子,闻名全国是典范,

五家渠阿拉尔,图木舒克北屯和奎屯,

座座城市并蒂莲,颗颗明珠金灿灿。

说兵团道兵团,兵团的变化说不完,

中国屯垦两千年,只有兵团才实现。

兵团的历史不算长,刚刚走过光辉 60 年,

兵团人爱兵团,与时俱进永向前,永向前。

胡连长总是边打竹板,边把参观的游客带进景区,讲述连队一个个让人难以忘怀的军垦故事。

"军垦第一连"为国家 AA 级景区,整个景区由石河子市一五二团在垦荒连队的原址上投资建设,景区不仅保存着当年垦荒时的地窝子群、干打垒伙房、蓄水涝坝等军垦遗迹,还存有木轮牛车、木犁、石磨等垦荒工具和生活用品。近年来,陆续建成犁形彩门、军垦文化雕塑、军垦打麦场、将军亭等集观赏性、参与性于一体的标志性景点,游客在此不仅能体会到几十年前开拓者的艰辛,对比现代,更能感受到一种强烈的心灵震撼,在长廊、草亭、湖水等景地尽情地穿梭中不知不觉接受爱国主义教育、兵团精神教育。

军垦第一连景点的大门是以铁犁形状建成的彩门,标志军垦第一犁,寓意是仗剑扶犁。讲的是屯垦戍边年代,军垦战士一手持剑一手扶犁,开荒造田,建设边疆。这支仗剑扶犁的部队,就是新疆生产建设兵团。

步入大门,左侧是一个简易哨所,右边是老军垦巨型雕像。雕像是两位军垦战士,他们的脸被晒得黝黑,面容沧桑,刀刻似的皱纹,眺望远方的坚毅目光,散发充满希望的光彩。这是为庆祝兵团成立 60 周年雕塑的,代表前赴后继的兵团人。两位老军垦,一人扛着坎土曼,一人手扶坎土曼,就是当年开荒时的情形。他们饱经风霜的面孔,向人们诉说石河子的变迁:60 多年前的石河子,一片荒滩芦苇子,天上飞的是大蚊子,地上跑的是精兔子,战士们放下枪杆子,开荒造田拉犁

子,汗珠摔成八瓣子,把人累成瘦猴子,艰苦奋斗一辈子,才让戈壁荒滩变成花园子。

陈列的牛车轮子模型,象征着当年的垦荒岁月,也象征着磨老了的青春年华,车轮滚滚、锈迹斑斑,仿佛把我们带到60多年前军垦战士垦荒的年代。

静立着的记忆墙,为游客讲述中国人民解放军二十二兵团坚决响应毛主席屯垦戍边伟大号召,掀起了开荒生产大运动的"红色故事"。兵团战士为建设边疆,保卫边疆,献了青春献终身,献了终身献子孙。他们伟大的革命情怀,永留人间。在记忆墙背面,还雕刻有一幅壮丽图画。画上线条清晰,呈现了在白雪皑皑的天山脚下,一片波浪滚滚的金黄色麦田,麦田里有3台康拜因在忙着收小麦,另一边是晒麦场,晒场的一角,一条条装满了麦子的麻袋,非常醒目,一派丰收景象。

展示给人们的蓄水涝坝是储存连队生活饮水的小水库。1950年春天,三营七连的176名官兵,进驻这里开荒造田发展生产。因没有饮用水水源,于是,官兵们就地掘坑,储存天山水,供一年四季饮用。春天积雪融化,雪水夹杂着地面脏物,冲进涝坝,水面上漂着一层羊屎蛋蛋。官兵们把羊屎蛋蛋捞撇一边,再把浑水打回家倒进缸里,放上明矾,经过三四个小时沉淀后,浑水变成了清水,方可饮用。到了夏天,水温升高,水里长了很多小虫子,官兵们风趣地说:"我们天天在改善伙食,顿顿有肉吃。"到了冬天,涝坝水结冰,官兵们用十字镐刨冰回家化水吃。战士们乐观地说:"我们住的地窝子暖烘烘,我们吃的冰亮晶晶。"尽管条件很艰苦,但官兵们始终保持着革命的乐观主义。

涝坝边上是1958年修建的凉亭,这个凉亭具有很浓郁的当年特有的风格,它是勤劳的军垦战士一锤、一铲修建起来的。把凉亭建在涝坝边上,一是有山有水,风景秀美。二是凉亭靠水,气候凉爽。战士们下班后,或是公休时,聚在凉亭里,边休息边聊天,不但解除了疲劳,还增加了乐趣。当年的凉亭因年久失修而倒塌,现成为旅游人的一大遗憾。

当年,军垦战士"风当战袍沙作粮,地当睡床天当房,搭起帐篷挡风雪,钻进地窝避寒霜",展示给游客们的帐篷是当时官兵们的临时宿舍。1950年1月,中国人民解放军二十二兵团九军二十六师七十七团三营七连,奉命在军垦第一连开荒生产。全连176名官兵,分住3顶帐篷。睡觉时,人挨人挤在一起。一天夜里,一排排长谢义普不愿和大伙挤着睡,于是他把自己的被褥抱到帐篷外面,自己打地铺单睡。早晨起床叠被子时,他发现三条蛇盘在褥子下面。战士们看到后,风趣地说:"怪不得谢排长不愿和我们一起睡觉,原来有三条美女蛇陪伴着他呢。"说完大家都捧腹大笑。

缓步向前,三人拉犁雕塑吸引我们的目光。木犁塑像有四五米长,前面拉犁的两位战士身体前倾,弯腰奋力向前,绳子深深勒进肩膀,踩在地里的脚陷进泥土里,后面扶犁的战士也用尽全身力气,整个塑像浑然一体,充满张力。驻足凝望,仿佛回到那个火热的年代,看到军垦第一连的战士们响应党的号召,铸剑为犁垦荒成边的身影。木犁右前方一块椭圆形的大石上书写"拓荒者"三个红色大字。不远处是"铸剑为犁"巨石,还有长方形石台上的两个木制车轮,旁边石头上是"垦荒岁月"四个字。三人拉犁雕塑再现了战士们战天斗地垦荒时的情形。当年垦荒时,因为没有机械,开荒生产都是人拉犁、牛拉犁、坎土曼刨,用的都是简陋的生产工具。兵团相继开垦土地面积3100万亩,成立机械化农场170多个,是我国拓荒史上空前的创举。今天,我们弘扬兵团精神,就是要不忘初心,牢记兵团成立时的使命。

继续向前即可看见建于1958年春天的峙岳桥。1956年8月初的一天,兵团司令员陶峙岳、兵团政委张仲瀚来到三营七连视察工作。陶司令员对军垦事业特别热爱,为纪念陶司令员,也为了军垦事业后继有人,特修此桥作纪念。

在绿树花丛中挺拔的军垦第一树,栽于1950年春天。当年,官兵们亲手栽种260多棵树苗。因开荒初期,生地盐碱大,缺水灌溉,致使大部分树苗被碱死,唯独栽在涝坝边上的这棵榆树苗,顽强地活了下来。因它种于1950年,仅比新中国小一岁,故称"军垦第一树"。

继续沿着水泥路向前,军垦战士挖掘的军垦井建于1958年。当年,官兵们不想喝涝坝水,就自己动手挖井,但挖了七八米深,还不见出水,就废弃了这口井。后来,人们在废弃的井上修了井台、三脚架、辘轳,目的是为了让参观的人们能感悟到当年官兵找水的艰辛。

军垦第一连景区展示的石磨和碾子是军垦战士自给自足加工粮食、副食品的工具。这盘石磨是战士们在六号地开荒时挖出来的,战士们如获至宝,但没人考证是哪个朝代的。自从有了这盘磨,战士们就可以磨面粉、磨豆腐了。这盘石磨成为连队生活中不可缺少的工具。1950 年,新疆还没有面粉加工厂。为解决粮食加工问题,王震将军派人用汽车从内地运来 6 盘碾子,连队有了碾子后,再也不用煮囫囵粮食吃了。

在展室东侧,斑驳的大炮与军用吉普依然威风凛凛。这门 37 高射炮原是苏军装备,参加过抗美援朝,"37"指的是火炮口径,37 高射炮是当年打过美军飞机的,它的有效射程是 3000 米。20 世纪 60 年代初,新疆战备紧张,兵团组建一个炮兵团,对外称"兵团独立团"。全团有 76 门火炮,其中有 76 加农炮、57 战防炮、37 高射炮、104 迫击炮等。1975 年,兵团解散,火炮收归国库。后恢复兵团,独立团交给八师,番号一五二团。这门 37 高射炮放在这里,以增强人们"兵"的意识。高射炮旁陈列的吉普车是炮兵团战备指挥车。1975 年,炮兵团撤销,76 门火炮全部上交国库,唯有吉普车没有上交,留给一五二团领导使用。后来,吉普车交还军垦第一连存展。

位于大门对面的展室里陈列着军垦战士当年使用过的部分生产工具、生活和学习用品等。存物分类陈放,又分为四大版块,分别是:历史寻踪、连队往事、创业传奇、石城新貌。四大版块又解读为"十个第一",即军垦第一人、军垦第一楼、军垦第一犁、军垦第一城、军垦第一连、军垦第一馆、军垦第一庄、军垦第一碑、军垦第一役、军垦第一井。

建于 1956 年的礼堂是连队开展文体活动、政治学习和召开誓师大会的场所。礼堂原是土木结构,因年久失修,成了废弃房屋。2005 年 6 月,国家发改委的领导来此参观,看到房屋破旧,又听说修缮房屋缺少资金,为弘扬兵团精神,国家发改委直接给军垦第一连拨款250万元,用于修复倒塌的房屋。现在这个礼堂成为党员们开展活动的"打卡地"。

碾型舞台是当时连队开展文体活动的场所。每逢节假日,连队都会举办文体活动。由战士自编自导自演的节目都会引得台下观众掌声阵阵,这里成了一片欢乐的海洋。

当年军垦战士文娱活动有限,观看露天电影成为他们最珍贵的集体记忆。电影墙是战士们专为放映电影建造的挡风墙。20世纪五六十年代,团里的电影放映队每月专程来连队放映一次电影。但多次因风大,吹翻了银幕,放不成电影。为了不再让大风吹翻银幕,战士们想了个好办法,即砌一堵挡风墙,取名叫电影放映墙。有了放映墙,即使突然起大风,银幕也刮不走了。

军垦文化长廊是展示军垦老照片的长廊。廊内展出老照片160幅,彰显了军垦魂。这些照片非常珍贵。前来参观的游客,看了老照片,可以进一步了解兵团,了解新疆。

经过大礼堂后门,映入眼帘的是过一座拱形桥。这座拱形桥是仲瀚桥。1956年8月初的一天,兵团政委张仲瀚陪同兵团司令员陶峙岳来三营七连视察工作。为纪念军垦事业的奠基人张仲瀚,特修此桥。

仲翰桥后是干打垒伙房和地窝子群。1950年1月,七连战士就地取材,用红柳、木板中间夹泥土的干打垒方法建起了连队唯一的小房子当伙房。

最吸引游客的是当年军垦战士住过的地窝子。新疆干旱少雨,风沙大,天气严寒,战士们进驻后先开荒后建房,当时条件艰苦简陋,地窝子成了战士们冬暖夏凉的家。所谓地窝子,就是在地上挖个坑,上面盖上红柳枝。当年地窝子的数量有限,就分为了集体宿舍和公共洞房。集体宿舍有男兵集体宿舍和女兵集体宿舍。公共洞房则是指不同日子结婚的夫妇住的洞房。一般来说,先领结婚证的新人先住公共洞房,后领结婚证的后住,最长只能住半个月。新婚夫妇住够半个月就得搬出来，再让下一对新婚夫妇居住，故称公共洞房。当时，公共洞房也很紧张，20世纪60年代，一五二团三营七连有76对新人结婚。由于无法解决便自己想办法，挖山洞当洞房。76对新婚夫妇共挖了76个山洞，圆了洞房梦。

在地窝子群里还建有军人合作社，军人出资办的商店。20世纪五六十年代，军垦战士的生活很困难。每月上级按时给战士发放伙食费后，战士们就拿出一部分伙食费，合伙出资办商店，故称"军人合作社"。老一代垦荒人在军垦初期，都在地窝子居住，住地窝子一直延续到20世纪70年代。改革开放后，人们陆续告别了地窝子，搬进了平房。如今，昔日的地窝子成了人们永远的记忆。

为了让孩子们切身感受军垦战士的艰苦居住条件，景区还专门建起了夏令营地窝子，作为来军垦第一连的中小学生开展夏令营活动时的居住场所。夏令营活动内容主要是"十一个一"，即走一段军垦路，追忆一次军垦足迹，吃一顿军垦饭，住一夜地窝子，看一场电影，唱一首红歌，站一次岗，开展一次军训，出一次队列，当一次军垦战士，坚定做一辈子军垦人。

在军垦第一连景区的西边建有农具棚、烧酒房、豆腐房、木工房、编制房、打铁房。农具棚是存放农具的场所。当年，七连垦荒使用的农具，都是由军垦战士亲手制作的。现存的农具中，每件背后都有鲜活的军垦故事。1958年7月的一天，兵团政委张仲瀚下连队视察工作，提出连队要建烧酒房。七连根据张仲瀚的指示，于当年10月建成烧酒房。从此，连队自己生产出来的粮食，留足上缴的和自己的口粮后，多余的粮食全用来酿酒。此举既满足了本连的饮酒需求，还大量供应市场，为连队增加了收入，真是一举两得。石河子的小白杨酒业就是在此基础上做大做强的，成为新疆家喻户晓的品牌。豆腐房是20世纪50年代中期，连队为改善职工的生活，开始大搞副业生产而建的加工豆腐的作坊。木工房是连队木匠制作生产工具的房子。当时，连队的生产工具都是由连队的木工制作。编制房是军垦战士编制手工制品的场所。每年秋收结束，连队工作便进入备耕时期，男职工割柳树条编筐子，然后把编出来的筐子交给女职工用于积肥、运肥。大家都忙于备耕，把冬闲变冬忙，为来年生产做准备。打铁房是连队铁匠打造农具的工房。连队开荒生产用的工具，都是由铁匠在这里铸成。那时，生产缺少工具，职工们便找来废旧铁器，回炉打铁，制作各种农具，用于农业生产。

游客们在这里还可以看到当时连队自制的运输工具马车和牛车。1953年前后，军垦战士自己制作马车和牛车，秋天用它运回收获的谷物，冬天用它往地里拉运肥料等。还有纺线车和织布机。20世纪50年代初，战士将自己种的棉花纺成线，织成布，解决了官兵们穿衣难的问题，为国家节约了大量的资源。爬犁子则是冬天人力运输工具。20世纪五六十年代，连队人手一个爬犁子，用于拉沙改土、拉运肥料等，提高了工作效率。

将军亭位于干打垒伙房下面的涝坝里，建于1954年，是为了纪念王震将军建设的。王震将军有个老部下，江西人，复姓夷附。此人参加红军后当了班长，战士们都亲切地叫他夷附班长，他的全名倒没人记得了。夷附班长和王震将军关系特别好。1955年9月初的一天，王震将军又来到连队看望夷附班长。两人坐在凉亭里聊天时，战士们看王震将军平易近人，又很关心战士生活，为纪念王震将军，大家就把这个凉亭称为"将军亭"。

参观军垦第一连的游客们，可以看到道路两旁宣传标语"野大葱，清水汤，三餐窝头都一样。实难下咽还得吃，不然干活饿得慌"，朴实无华的语言中藏着军垦战士吃苦耐劳、乐观向上的精神。20世纪五六十年代，物资极度匮乏，战士一年吃不上两次肉。每顿饭吃的都是窝窝头、野菜汤，偶尔吃次肉，战士们都喜出望外。由此流传着军垦第一连的经典名菜：大锅红烧肉、白菜粉条豆腐、清炖八大块。

军垦第一连每年能吃两次肉。每年春播或秋收两个农忙季节，为保证两个环节的生产任务按时完成，连队都要召开誓师大会。为鼓舞士气，每年连队会千方百计弄来一头猪，做上一锅红烧肉。然后，全连集合，由连长下达生产任务，各班宣誓表决心，看谁的决心大劲头足。

待大伙都表完决心后，连长趁势说："大伙开始吃肉喽。"于是，战士每人端上一碗红烧肉，边吃边说："大肉真香！"连长这种激励士气的方法真灵，不但提高了工作效率，每年还保质保量提前完成了任务。

当年军垦战士劳动强度特别大，一天三顿饭，都在田间地头吃。炊事员为了军垦战士用餐方便，便把白菜、粉条和豆腐混在一起炖，炖出来的汤菜味美可口，受到众人称赞。战士们说，白菜粉条豆腐营养丰富，滑嫩可口，是我们最爱吃的美味佳肴。军垦第一连将这菜传承下来，寓意是：走一段军垦路，干一天军垦活，吃一顿军垦饭，做一次军垦人。

清炖八大块，也称民族团结菜。这菜鲜美可口，食后口香久存，颇具少数民族风味。当年，战士们进山剿匪、开荒生产时，附近的少数民族群众看到战士们生活清苦，就把自家养的一些羊宰了，以犒劳战士。战士们吃了羊肉，喝了羊肉汤，浑身有劲。后来，战士们为报答少数民族群众的关爱之情，便将自己喂养的鸡送给少数民族群众吃。为尊重少数民族群众的风俗习惯，战士们还邀请少数民族群众宰鸡和烹饪。为传承中华民族优秀饮食文化，弘扬民族团结精神，故将此菜定名为"八大块"，寓意招待八方来客，共建美好家园。

军垦第一连是军垦历史的活化石，而"胡连长"则是这块活化石背后故事的"活字典"，让我们一起打开这部"活字典"，回望那段激情燃烧的岁月，认识那些挥洒青春热血的军垦人，铭记那值得永恒赞美的兵团魂，看看那些传承兵团精神的青春面孔，共同思考兵团精神的现代价值，从中汲取营养，为我们的人生导航。

胡友才：军垦第一连的"首席讲解员"

生活晚报记者　王月媛

"打竹板，响连环，各位朋友听我言。现在生活多美好，不忘初心想当年。要知兵团创业初期有多难，欢迎来到军垦第一连……"11月30日，八师一五二团军垦第一连景区，"首席讲解员"81岁的老连长胡友才正打着竹板，为前来参观的游客们表演着。在游客们阵阵热烈的掌声之后，胡友才又表演起自编的快板《说变迁》："改革步伐加快了，成就太多了，国家富强了，人民富裕了……"

据资料统计，截至目前，胡友才在军垦第一连宣讲 6100 余场次，接待中外游客 90 多万人次，用他独特的方式讲述军垦故事，宣扬兵团精神。

军垦第一连的老连长

军垦第一连位于八师一五二团十连，曾是 20 世纪 50 年代垦荒连队的驻地。60 多年过去了，当年干打垒伙房，蓄水涝坝和地窝子群遗迹清晰可见。

1954 年，17 岁的胡友才参军入伍，1959 年，他随部队进疆参加建设，1969 年开始，胡友才一直担任连长职务，直至 1986 年，被调至一五二团团部工作。

在胡友才当连长的 17 年里，他参与了开发建设团场的全过程，也用笔记录着这片土地上的一个个军垦故事。

2002 年 8 月，一五二团着手筹建红色旅游景区军垦第一连，请来了老连长胡友才当讲解员。从此，胡友才和他的那身黄军装，逐渐成了军垦第一连的标志之一。

如今，军垦第一连已成为兵团文化的重要组成部分，是兵团"红色军垦游"的一个著名景点。

"首席讲解员"的犟脾气

讲起第一次当"讲解员"的试讲过程，胡友才有些激动："那么短的时间里，能讲些什么？该怎么讲？当年经历过的那些故事在我的脑海中跳了出来，我忽然想到：从我住过的地窝子说起吧！"

那一次，胡友才讲了一个多小时，从此，他成了军垦第一连的一名义务讲解员，也成了一个活招牌。

胡友才当讲解员，不仅认真，还很犟。他为了让讲解真实生动，便结合亲身经历，查阅史料，走访老军垦，完成了上万字的讲解词。在每次的讲解过程中，胡友才都会从游客的反馈中不断完善讲解词。

慢慢地，来军垦第一连的游客中，专门找胡友才听他讲故事的人越来越多，胡友才也成了名副其实的"首席讲解员"。

"连队里的一片瓦，一段干打垒……都承载着我的记忆，这片土地和曾经生活在这片土地上的战友，早已烙进我的生命。在我有生之年，我想把军垦故事讲给更多的人听。"胡友才深情地说。

说起胡友才的犟脾气，不得不说一件事。有一次，一个参观团来到景区，只有30分钟的参观时间，参观团的人员因事先知道胡友才一次讲解需要40分钟，就和胡友才商量，看能不能把讲解时间压缩到30分钟。胡友才一听，生气地说："要么不讲，要么就讲40分钟。"参观团的人只好听从胡友才的安排。

还有一次，胡友才因病在家打着吊针，当他得知广东来的旅游团到军垦第一连参观，游客想听他讲故事时，胡友才不顾老伴的劝阻，立刻去景区讲解。

"任何时候，只要游客愿意听，我都会尽全力把军垦故事讲好！"胡友才说。

兵团精神的传播者

从 2004 年开始，胡友才平均每天讲 6 至 7 场，最多时一天讲了 12 场。

从胡友才住的石河子市区到军垦第一连有 17 公里的路程，胡友才每天骑自行车往返。"这里的每一块条田都留有我的脚印，走进军垦第一连，那些激情燃烧岁月里的军垦往事就会在我脑海中涌现。"胡友才说。

多年来，胡友才坚持记录连队里和身边发生的事，现已写下近百万字的屯垦笔记。

"作为一名老军垦，一名老党员，我要尽自己所能发扬兵团精神，义不容辞。"胡友才激动地说。

胡友才给学生们讲军垦故事，让孩子们通过故事学习军垦前辈们艰苦奋斗的精神。

胡友才去部队、警营为官兵们讲军垦故事，用一个个激情昂扬的军垦故事，激励年轻一代以军垦前辈们为榜样，不忘初心，继续前行。

胡友才积极组织社区的老党员、老军垦一起为居民们讲军垦故事，带领身边的老同志们"老有所为"，尽其所能为新时代增添正能量。

"我来军垦第一连参观时，对老连长印象深刻。他用快板的形式讲述军垦故事，绘声绘色很生动！"75 岁的游客张生说。

永不停歇的脚步

"你加我微信好友，我马上就把照片传给你！"胡友才笑着在电话里对记者说。虽已年过八旬，但对这些现代化通讯设备，胡友才用得得心应手。

近几年，胡友才开始学习电脑和智能手机的运用，借助这些平台，胡友才看新闻、写文章，把自己的作品发表在博客、微博和微信朋友圈里。

2017 年 6 月开始,《生活晚报》专门开设了"胡连长讲故事"专栏,刊发胡友才的原创军垦故事。这些故事生动、有趣,很具兵团特色,受到广大读者好评。

2018 年初,胡友才因青光眼病情严重,做了手术,术后视力欠佳,他就把电脑屏幕调亮、字体调大,在写字板上一个字一个字写,继续完成着一篇篇军垦故事。

为庆祝改革开放 40 周年,81 岁的胡友才自编快板《兵团发展天地宽》:改革开放 40 年,兵团发展天地宽。花园小区建成了,有人住上别墅了,现如今我退休了,山南海北游玩了……

胡友才激动地对记者说:"改革开放前,我家住的土块房,家里只有一辆旧自行车和一个晶体管收音机。现在,我家变了样,住的是 117平方米的楼房,家里做饭用的是天然气,看病有医保。每月,我们老两口有 8000 多元的养老金,这是托共产党的福啊,老百姓的日子才过得这么红红火火!如今,我已经 81 岁了,我余生最大的心愿,就是讲好兵团故事,让更多的人了解兵团,把兵团精神传承下去。只要我自己还干得动,'讲解员'的工作,我就会一直干下去!"

（原载《生活晚报》2018 年 12 月 20 日）

胡友才讲述军垦故事 感动八方来客

古 松

"兵团战士老军垦,一颗红心永向党,艰苦奋斗一辈子,无私奉献在边疆。改革开放是国策,兵团精神要发扬,天上不会掉馅饼,美好日子靠人创。兵团精神我来传,退休也要敢担当,改革开放夕阳红,因为心中有信仰。不忘初心想当年,工作越干心欢畅。"这是老军垦胡友才的心声。

胡友才退休后,一直坚持讲述军垦故事,宣传兵团精神,被当地人誉为"闲不住的老军垦"。

胡友才是八师一五二团退休干部。他有 60 年党龄、60 年工作经历,对党无限忠诚。胡友才常说的话是:"生活幸福了,不能忘中国共产党。我是共产党员,心中有信仰,时时有担当。""我是兵团人,兵团是我的第二故乡。"

在谈及改革开放 40 年的成就时,胡友才的感想就更多了。他常掰着手指对人讲:"改革开放前,我家住的是土块房,家里只有一辆旧自行车和一台晶体管收音机。现在,我家变了样,住的是 117 平方米的楼房,室内的摆设添了八大件——65 英寸的大彩电、智能洗衣机、大冰箱、欧式的大沙发、电脑、电动车、照相机、智能手机,全是国产的。我家里做饭使用天然气,看病还有医保。每月,老两口加起来有 8000 多元的退休金,日子过得红红火火,这一切全托共产党的福!"

1997 年,胡友才退休了。他对老伴说:"如今生活好了,我也退休了,不能在家闲着,得找点事情做。"老伴说:"你不是想写新闻报道,宣传好人好事吗? 你就写呗!"

在老伴的支持下,胡友才花了 6000 元买了一部照相机和采访机。从此,胡友才走上了写作道路,传递着正能量。

胡友才写新闻稿件很认真,白天走村串巷去采访,晚上伏案写文章,写好稿子仔细地装在信封里,贴好邮票寄给报社。了解他的人都会说："老胡是不知疲倦、不讲报酬的人。"

胡友才常说："宣传正能量，不能只限于写稿子，还要做点具体工作。"他还自愿加入八师石河子市关心下一代工作队伍，十几年如一日给孩子们讲军垦故事，被八师石河子市评为"学雷锋模范人物"。

2002年，一五二团将20世纪50年代初期垦荒的一个连队遗址重新修复，建成"军垦第一连"，对外开放，选胡友才当园区讲解员。

当时没有讲解词，胡友才就自己动手编写，结合亲身经历，一个月内，他编写军垦故事上万字。为确保资料的准确性，他走访文克孝、慈佰兴、任凤卓、崔光文、王凤元、郭明德、赵建华等上百名老军垦、老领导，在他们的热情帮助下，胡友才完成了讲解词的编写。在以后的讲解中，他又不断丰富完善讲解词，被游客称为"胡氏讲解法"。经媒体宣传，找胡友才讲故事的人一天比一天多，平均每天要讲七八场，最多的一天讲了12场，午饭都没顾得上吃。

一次，胡友才在给游客讲解时，游客看他讲得口干舌燥，就递给他一瓶矿泉水，被他谢绝了。后来大家才知道，他患有严重的糖尿病，有尿频尿急症状，一喝水就要上厕所。为不耽误给游客讲军垦故事，他宁可一口水不沾，也要坚持到讲解完。

胡友才能吃苦又执着，从石河子市区到军垦第一连大概有17公里的路程，他每天早上骑自行车去，晚上骑自行车回，往返30多公里。为了让更多人了解兵团人屯垦戍边的故事，石河子市区各学校、街道、社区，都留下了胡友才的脚步。胡友才宣讲兵团故事，还给自己规定了"四不计较"，即不计较时间早晚、不计较路途远近、不计较人多人少、不计较有无交通工具。

2007年的一天，胡友才病了，发高烧38度多，躺在医院打着吊针，忽然他的手机响了，说是有从广东来的游客团参观军垦第一连，点名要听他讲故事。胡友才不听医生劝阻，拔掉吊针，就要去军垦第一连。胡友才的老伴阻拦说："看你病成这个样子，打完吊针再去不行吗？""不行！人家从广东来，要听军垦故事，我怎能把人关在门外！"老伴犟不过他，望着他骑自行车的背影，喃喃地说："他这个人，就是这样。"

老连长讲故事

胡友才患有青光眼,经手术后,视力虽然有点恢复,但看物还是模糊,写字更难了。困难压不倒硬汉,胡友才一不泄气,二不妥协,勇敢面对困难,他把电脑桌面调得亮亮的,再把要写的字调成2号字,用写字板一个字一个字地写。克服正常人难以想象的困难,胡友才完成了一篇又一篇军垦故事。他说:"即便我的眼睛一点也看不见了,我还有嘴可以说,办法是人想出来的,困难没有办法多。"

胡友才讲军垦故事,感动了八方来客。游客中,有一位从台湾来的年近60岁的安姓女士,她听完兵团人的故事,激动地说:"天下还有这么好的军队,这么能吃苦,硬是在戈壁滩上建出个美丽城市石河子,只有共产党领导的人民解放军才能创造出这样的人间奇迹!"

有来自北京的游客听完胡友才讲述的兵团故事,动情地说:"没有兵团,就没有新疆的繁荣和稳定;没有兵团人屯垦戍边,誓死保卫边疆,就没有北京人的安逸生活。我要把我家乡的人,分期分批带到新疆来,听您老讲兵团故事。"

十几年来,胡友才共义务讲解6100余场次,累计接待中外游客90多万人次。他的讲解被称为"胡氏讲解法",受到听众和各级领导好评。退休后,胡友才先后获得荣誉证书100多张,其中有师市、兵团、自治区及国家级的荣誉证书,如师市"道德模范"、兵团"道德模范""兵团星星火炬奖章""全国少先队优秀辅导员""全国红色旅游先进个人""全国学雷锋模范老人"等。胡友才还被师市授予"金口宣讲员"称号并颁发证书以资鼓励。兵团原副政委王崇久称他是"鲜活的非物质文化遗产",时任国家旅游局副局长程立栋说他是"军垦文化活化石",中华人民共和国外交部驻哈萨克斯坦大使馆原参赞孙宏治称赞他:"英雄老连长,屯垦又戍边,奋斗七十载,英名代代传。"

胡友才说:"这些荣誉都是过去,新的征程就在脚下。我是共产党员,每时每刻都要奋斗,工作没有休息时,心中装着党,迈步有力量,不忘初心,牢记使命。"

（原载《兵团日报》2018年12月7日）

老军垦的新愿望

兵团日报记者　马雪娇　陈琼

"五中全会放光彩,全国人民喜洋洋,'十四五'规划展宏图,2035蓝图更美好……"11月12日清晨,在新疆生产建设兵团第八师石河子市军垦文化广场,散步的老人围着83岁的胡友才听快板。胡友才胸前佩戴党徽,声音洪亮,快板一打,党的十九届五中全会精神从他口中滔滔而出。

除了自编自演快板书,胡友才还喜欢讲故事,听着他通过快板讲述的一个个鲜活的故事,仿佛走进了一座博物馆,那些军垦战士的奋斗史、创业史,穿过时光隧道,扑面而来,真切又震撼。胡友才就是这些故事的亲历者。

1954年12月,17岁的胡友才初到石河子,成为第一代兵团人。

"刚来的时候,住地窝子,地窝子就是在地上挖个坑,拿木头当梁,找点红柳搭个顶,睡觉的时候,可以看见天上的星星。"当年的艰苦岁月,胡友才历历在目。

1957年的冬天,胡友才在一间不足4平方米的地窝子里结婚成家。麦草上铺上褥子、被子就是婚床,用布包起来的两捆麦草便是枕头,地窝子里没有任何家具。那时候胡友才常想:"啥时候能住上宽敞的房子,有柔软的床,有可以照进阳光的窗户呢?"

人拉肩扛、挖渠引水、改造芦苇湖、开垦荒地……胡友才和第一代军垦战士建起了兵团的第一座城。

"国家富强了,人民富裕了。地窝子平房不住了,一步登天上楼了!"时光荏苒、岁月流逝,正如胡友才说的那样,石河子早已"登天上楼",成了现代化的绿色城市。

而今,胡友才搬进了宽敞的楼房,实现了当年的愿望。已经退休多年的他,如今又有了新愿望。

石河子市创造出了新中国屯垦史上的诸多奇迹,胡友才在当连长的 17 年里,用笔记录下一个个感人至深的故事,他想把这些故事讲给更多人听。

2002 年,八师一五二团建成"军垦第一连",一五二团的第一代老连长胡友才回到故地,当起了讲解员。

从缝补多年的黄棉袄到锈迹斑斑的铁锹,一个个老物件在胡友才的讲解下变得生动起来。"连队里的一草一木全都承载着我的记忆,这片土地和曾经生活在这片土地上的战友,早已烙进我的生命。"胡友才说。

这些年来,胡友才义务讲解 6100 余场次,接待中外游客 90 多万人次。

"胡友才的讲解不是背出来的,而是从心里流淌出来的。"游客这样评价。

不仅在"军垦第一连"景区,胡友才还把故事讲进了校园、部队、警营、社区,喜欢听他讲故事的人越来越多,他被大家称为"军垦文化活化石"。

2020 年 11 月 12 日正午时分,记者跟随胡友才来到他家,采访中,胡友才又讲起了军垦故事,他声情并茂、情绪激昂,从戈壁荒滩到现代化城市,一个接一个地讲述着当年的故事。一下午的时光,记者听着故事,回荡在耳边的不只是一段段历史,更是这座军垦城市的奋斗精神和灵魂。

把厚重的历史变成可以感同身受的故事,可以触摸到的记忆,这就是胡友才讲故事的初衷。

胡友才对记者说:"党的十九届五中全会提出要建设社会主义文化强国,提高国家文化软实力,我余生最大的心愿就是希望我们的下一代能传承弘扬兵团精神,让兵团精神融入一代代兵团人的血液中,成为兵团人精神的支柱。"

传承弘扬兵团精神,是这位 83 岁老军垦的新愿望。

(原载《兵团日报》2020 年 11 月 16 日)

我最大的快乐是新闻写作

1997 年,我退休后,刚开始一点不习惯,觉得天天没事干,闲得心发慌。一天,一五二团畜牧公司领导要聘我当政工干事,专为公司写新闻稿件。我一听,这是好事。我不是愁得没事干吗?给我一次学习的机会,多好呀,我不能错过。于是,我满口答应了下来。

我又一想,我的学问很浅,怕难以胜任,怎么办?一个字:学。这就叫"活到老,学到老"。

开始不懂,光知道写作好玩,后来写稿才体会到写新闻辛苦,可我不怕苦,我爱上了这一行。在老伴的支持下,我自费 6000 元买了一部照相机和一个采访机。我整天挎着这两件宝贝,走连队、进学校、到工厂,开始我退休后业余新闻写作生涯。

最初让我走上新闻写作之路的是《石河子报》的记者马玉芬、张德智和一些我不知姓名的编辑老师,是他们帮助了我。记得,我初次向报社投稿,一个月里,投稿数十篇,但都石沉大海,杳无音信。我着急、我等待,我开始怀疑自己的新闻写作是在"吃火锅"。

在我迷茫踌躇之时,团宣传科举办通讯员培训班,我有幸参加学习。聆听了马玉芬老师的讲课,我如旱禾苗遇水润,长了知识。我把采写好的第一手资料,拿给老师看。在老师的指点下,认真筛选,写了一篇反映共产党员风采的《牟方成不惧脏臭排粪水》一文,又经编辑老师修改,上报了,刊登在《石河子报》1997 年 7 月 4 日第三版。

当时我的心情特高兴,更让我高兴的是文中主人公牟方成的儿子牟建,他见老爸上报了,高兴万分,就跑到商店买了两瓶高粱大曲,又请来了他的亲戚朋友,特邀我坐上席,举杯庆祝他爸爸牟方成上了《石河子报》。那热情使人久久难以忘怀。从此,我立志一定要坚持写新闻。

打那以后，我就天天不停地写，每天写稿平均两篇以上，一年写稿800多篇，有时写稿子，我饭都忘吃了。

　　尽管我写得多，采用少，但我丝毫没灰心，而是更加努力，孜孜不倦地刻苦学习写稿子。几年来，我有200多篇新闻稿件，上了省和地市级报纸杂志。

　　为了不断提高新闻写作能力，准确把握新闻导向，我每年自费400多元，订阅报纸杂志学习，有《石河子日报》《石河子广播电视报》《兵团日报》《中国摄影报》，单位还为我订了一份《老年康乐报》。一有空，我就手捧报纸，孜孜不倦地学习。为了学习，我从不光顾牌场和麻将桌。朋友和邻居说我，天天写稿越活越年轻。还有人问我："你写稿子一月能挣多少钱？养老金足够你花的了，退休不在家休息，偏要写稿子捞钱，自找苦吃，值得吗？"我说："我写稿不是为挣钱。写稿是我最大的乐趣。为宣传身边好人好事，就是辛苦点也值。"

（原载《石河子日报》2002年8月29日）

第二章　那段激情燃烧的垦荒岁月

听胡连长讲故事,仿佛亲历当初的艰辛岁月,亲见当年的岁月荣光。在胡连长的回忆中,数十年前,众多兵团军垦战士来到这儿,呼啸的大漠烈风,荒凉的戈壁沙漠,严酷的生存环境,并没有吓倒他们。逢山开路,遇水架桥,开荒栽树,开渠种麦,放牧巡逻……这一代人,他们用着普通的工具,克服了接连不断的困难,他们用血汗在这里建起了军垦石城,他们用实际行动筑就了现在为大家所传诵的兵团精神。

血染稻田水

我们连有个女同志名字叫戴玉莲。她在荡稻田时，月经来了，鲜血顺腿而流，染红了稻田水，班长、排长叫她回去休息她不回，没办法，排长把我叫来了。我一看，水都红了，我便对戴玉莲说："小戴，你回家吧，休息几天再来干活。"小戴说："连长，俺不回。"

我说了三遍叫她回家休息，她都不愿回，我便大声对她说："戴玉莲，我命令你回去。"小戴说："连长，你的命令俺不执行。"我问她："你为什么不执行呀？"小戴说："全连都在大干，俺能回去吗？你就是用八抬大轿抬俺，俺也不回去。"

就这样，戴玉莲坚持荡稻田，直到把水稻种播完。现在戴玉莲已是白发苍苍的老太太了，住在石河子市红山街道 25 小区。她经常到我家里玩，她对我说："老连长啊，当年俺没听你的话得了好多妇科病。"我说："不但你得了妇科病，当时参加种稻的女同志都得了妇科病。"

命丧稻田地

我们连有个大姑娘名叫冷秀芬,后来她和一个老兵结婚了,再后来她生了个小女孩。小女孩 6 个月时,冷秀芬病了,病得很重。医生给她开了一张病假条,建议她病休 3 天。

班长把病假条给我,让我在病假条上签字。当时我就在病假条上签了字:同意病休 3 天。第二天,小冷又出现在稻田里。我走到小冷跟前,关切地对她说:"小冷呀,你就不要干活了,回家治病去吧,把病治好了,再来干活也不迟呀,再说了,你还有 6 个月大的女儿,她要吃奶呀。"小冷说:"连长呀,没事,过几天俺的病就会好的。孩子有她爸爸给她烧糊糊喝。"

我们喝的是什么糊糊?是苞谷面糊糊。就这样,她带病坚持干活。第一天她坚持了,第二天她又坚持了,到了第三天中午 12 点多钟的时候,她的病加重了,一头栽倒在稻田地里。我们几个男同志赶紧抬着她往卫生所送,还没送到卫生所,走到半路上,她就停止了呼吸,抛下她 6 个月大的女儿,和我们永别了。

每当我讲这个故事的时候,心里特别痛苦,特别难受。我责怪我自己,我不是个好干部,也不是个好连长。如果我当时硬叫她去治病,不让她干活,我想,也许她不会死的。可是她死了,50 多年过去了,她就埋在西边那个土包上。50 多年来,每年清明节,我都要去给她上坟。我坐在她坟前,与她拉一会呱,说上几句话,我的心里头才能宽松点。

我讲这个故事的意思,是说我们的战士在开荒造田中,不仅流了汗、流了血,甚至献出了宝贵的生命,才把过去的戈壁荒滩变成今天郁郁葱葱的绿洲。

众人拉犁"气死牛"

军垦第一连有一座众人拉犁雕塑，是当年垦荒时的情形再现。当年垦荒时，人拉犁、牛拉犁、坎土曼刨，全兵团共开垦土地面积1300多万亩，成立机械化农场170多个，是我国拓荒史上的空前创举。

为什么说它是空前创举呢？翻开历史可以看到，我国拓荒史是从汉朝开始的，至今2000多年了。可历朝历代垦荒成效甚微，唯有中国共产党领导的中国人民解放军垦荒取得了辉煌成绩。

王震将军总结历朝历代垦荒失败的原因，就是没留住人。没有人怎么开荒呢？王震当年率10万官兵进疆，加上新疆警备司令部陶峙岳起义部队的10.5万官兵，合计20.5万官兵，这20多万官兵都是光棍汉，没有老婆。王震带着这个问题到连队调查。

王震问官兵们："你们连还缺啥呀？"官兵们一致回答说："我们啥都不缺，就是缺老婆。"王震说："好，我来想办法解决。"于是，他从湖南、山东、上海招来大量的女兵。

女兵来了，部队的情绪一下活跃起来了。就说我们连吧，1950年是176名官兵，每天开荒拉犁，工作单调又枯燥，每天公布工效时，牛的工效是第一，人的工效是第二。自从给我们连分来了56名女兵，这下我们连炸锅了，连队每天歌声笑声不断，就连不爱唱歌的老兵，走起路来嘴里都不停地哼哼叽叽。为啥呀？高兴呗。

人说男女搭配干活不累，这是千真万确的。当时，我们把男女混合编班。编班后，男兵干活的时候，在女兵面前特别逞能。为啥呀？因为女同志爱评论。女同志说："小张呀，你拉犁子就是不如小李，小李拉犁就是比你跑得快。"小张一听不服气地说："我怎么能输给小李呢。"于是女同志评论越厉害，男同志拉犁跑得越厉害。自从来了女兵后，牛的工效变成第二了，人的工效变成第一了。今天牛落后了，明天牛落后了，后天牛还是落后了。

有一天，我们连那头大黑牛突然死了。连长王海生从团里开会回来，老远见到牛躺在地上不动了。他边走边说："老黑牛呀老黑牛，你太不像话了，大家都在大干，你躺下睡觉，你好意思吗？"他边说边走，来到牛跟前一看，咦，牛肚子咋胀这么大呀？他下意识地弯下腰将手放在牛鼻子上，大声说："牛咋不喘气了，牛是咋死的？"没人吭声。他又问："牛是不是病死的？"还是没人吭声，王连长急了，便大声说："牛是不是病死的？"他连问三句但没人吭声。为啥呀？因为全连官兵为失去拉犁的伙计痛心呀。

这时，连长着急了，便大声说："牛是不是病死的？"话音刚落，战士王昭军跑到连长跟前，"啪"，向连长敬了个军礼，然后说："报告王连长，牛不是病死的，是气死的。"从那以后，众人拉犁"气死牛"的故事至今还被人们传颂着。

如今，大家从众人拉犁"气死牛"的故事中得出一个启示：军垦战士不怕苦、不怕累，敢于牺牲、敢于拼搏的精神，值得后辈学习、继承。

王震将军查看灾情

　　1957 年 6 月 10 日中午，我们七连战士正在田间劳动，突然天空乌云密布，电闪雷鸣，从西南方向来的倾盆大雨，猛袭田间劳动的人们。雨点中夹杂着鹌鹑蛋大的冰雹，打得人四处躲藏。前后不到 3 分钟的工夫，大田地里的农作物被冰雹砸蔫儿了。战士们丈量了受灾面积，竟然达到 200 多亩。其中，有小麦、苞谷和棉花。

　　面对灾情，全连官兵束手无策，心情沉重。这时，突然有人喊了一声："王震将军来了!"大家朝着声音的方向望去，原来是连队卫生员赵建华在喊。赵建华身背着药箱，正往地里走时，碰见了王震将军。大家听说王震将军来了，又惊又喜，围绕在王震将军周围，七嘴八舌地和将军聊起灾情。王震将军非常和蔼可亲地和战士们交谈。这时我注意到，王震将军身穿一件旧白衫衣，下身穿条褪了色的军裤，他还把裤腿挽到膝盖以上，脚穿黑布鞋，非常可亲。

　　面对灾情，有人说移苗，有人说补种，意见不一。王震将军见大家各持己见，争论不休，便站起身来，温和地对大家说："你们的意见都很好，但移苗保证不了每亩保苗株数。这时再给小麦、棉花、玉米补种，即使种出来了禾苗，也难保秋天籽粒成熟。所以，我建议你们种土豆，土豆生长期短，易管理，产量高。"大家听将军这么说，都觉得有道理，非常高兴，急忙收集土豆种子。

　　说干就干，不到 3 天时间，200 多亩受灾面积，全部改种了土豆。大家精心管理，追肥、浇水、松土、锄草，土豆长势很好。到了秋天收获后一算账，土豆亩产达 2 吨多，总产量达 400 多吨，满足了全团的土豆供应。

　　受灾后补种土豆，连队不但没有亏损，还略有盈余。我们这个受重灾的连队，受到营团两级首长的表扬。当然，这要归功于王震将军及时查看了灾情，并为我们提供了种土豆的建议。

三支步枪一碗水

"遇到困难，要多想想如何解决，办法总比困难多。"这是连长佘宗文常说的一句话。

佘宗文是甘肃甘南人，1950年3月任七十七团三营七连（现一五二团十连）连长，他带领全连176名官兵，奉命驻扎将军山下，规划条田，兴修水利，开荒生产。

部队官兵来到这里，在规划条田、平整土地、兴修水利时碰到了很多难题。在修建渠道时，因没有测量用的水准仪，导致无法测量渠道落差，也就无法进行渠道设计。

上级要求部队官兵当年开荒当年收益。但在一无器材、二无资料的情况下，生产任务又那么紧迫，怎么办？佘宗文并没有被困难吓倒，他想出了代替水准仪的"三支步枪一碗水"的土办法，立刻解决了测量、规划、设计渠道条田的大问题。

"三支步枪一碗水"是先将三支步枪支成一个三脚架，在脚架上端放上一碗水。具体操作方法是：根据射击三点成一线的原理，测量员将碗里的水平线与远方标杆摆成一线时，让持杆人在一线处划上记号。经过测量，最后量出标杆上两处记号的差距，便是两地高低的落差。通过这个简陋的测量方法，战士们抓紧时间进行设计、规划渠道条田。

为抓紧时间开荒造田，佘宗文还将连队的176名战士，兵分两路，一队开荒造田，另一队兴修水利，这叫农田规划和农业生产两不误。

两年后，佘宗文带领的连队开荒造田800余亩，兴修干渠、支渠、农渠20公里，为将军山下开荒造田、发展生产打下了坚实基础。过去寸草不生的盐碱地，如今变成一片"绿海"。"三支步枪一碗水"的故事，至今还被人们传颂。

没有水咋种庄稼

20世纪50年代,李凤生在七十七团三营四连(现一五二团一连)当班长。

1953年6月中旬的一天,一营钻洞子渠的隧洞中有一处卵石塌方,如果不及时抢修,会造成隧洞大面积塌方。营长命令李凤生带领6位同志,前往隧洞疏通渠道,以保证渠水畅通。

他们冒着生命危险走进隧洞中加固洞壁。一个小时后,渠道终于疏通了。后来,有人问李凤生:"李班长,你钻进塌方的山洞里,不害怕吗?"李班长说:"怕啊,但一想到没有水我们咋种庄稼时,就顾不了那么多了。"

填平"刀把地"

文连长叫文嘉生,是湖南人,上尉军衔,转业后任独立团一营一连(现一五二团二连)连长。

20 世纪 60 年代初,在红山嘴开荒造田,不是一件容易的事。这里的土质是黄黏土,常年干旱少雨,导致土地干裂且坚硬,有的地方一镢头刨下去,只是一个镢眼,要想把这片土地开垦成良田非常不易。面对这种情况,文连长和战士们一起劳动从不退缩。他们的手被磨出血泡,后来变成厚茧子,但没有一个人叫苦叫累。

文连长经常说:"生产要发展,耕地面积就要扩大。没有足够的耕地,哪儿来粮食的丰产。所以,扩大耕地面积,是我们连发展经济的方向,任何时候不能动摇。"

一天下午,我正在地里干活,文连长走到我面前,要我陪他爬山。我心想,连长平时不爱爬山,今天约我爬山,肯定有新任务。于是,我跟着他来到红山嘴。我们站在一个小山头上,放眼望去,看到山脚下那片被我们开垦的万亩土地时,心中不禁有种自豪感。

文连长指着山下那片丘陵地带说:"老胡,你看这块地,中间被一条沟壑隔开,远看像不像一把菜刀的形状啊?"我顺着连长手指的方向一看,脱口而出:"哦,真像,像极了。"

"那我们就把这块地取名叫'刀把地'吧。"文连长说。我说:"叫'刀把地'好呀,今后只要人们一说'刀把地',就不会忘记我们现在垦荒的艰苦。不过,开垦这块地,肯定费时费力,弄不好要半途而废,原因是很难把水引上去啊。"

文连长信心十足地说:"愚公能移山,我们就能把丘陵改造成平原,能把地开垦出来,就有办法引水上山。"

回到连队后,文连长把开垦'刀把地'的想法跟大伙一说,连队沸腾了,有人说能开垦,有人说不能开垦,理由都在一个"水"字上。

听到大伙儿的热烈讨论,文连长说:"同志们,你们都在谈论水的问题,这是对的,但我们总不能被困难吓倒吧?困难是什么?它就像一个弹簧,你对它软,它就对你强;你对它硬,它就对你软。我想,办法总比困难多,不愁水引不上去。"他的一席话,引得大家纷纷点头同意。

经过一个冬季,在全连职工的努力下,不仅把地中间的沟壑填平了,而且新修了渠道,连队的耕地面积又增加了350亩。这一做法,得到了师领导的表扬。"刀把地"的名字,至今还在沿用着。

"六不"作风促农业丰收

1959 年 4 月,一四五团与一四六团合并,组建成石河子总场,八师副师长熊略兼任石总场场长,任凤卓任副场长,主管全场生产工作。

石河子总场共有 43 万亩土地,管理起来难度很大。当时,我在独立团一营一连当连长,和任凤卓的私交很深。任凤卓下连队检查工作,给自己规定了"六不":不坐车、不骑马、不事先通知、不听连长汇报、不住招待所、不吃小灶。中午,他和战士们一起排队打饭。吃过饭,到马号找个草堆倒头就睡。等连长知道,到马号找他时,他早已到田间检查工作去了。

任凤卓有严重的胃病,每次出门前,他的老伴都要将炒熟的黄豆粒装在他的口袋里。胃疼时,他便捏上几粒放在嘴里一嚼,疼痛便可以减轻许多。

有一天,任凤卓对我说:"最近下连队检查工作时发现,一些连长、指导员爱做表面工作,把离家近的条田管理得很细致,而距离远的条田,采取的是粗耕粗管,比如浇水留下'空白点',锄草留下'站岗'的。我对他们说,你们脸上有灰对着镜子一照,用水洗掉就可以了。为什么你们后脑勺的灰(指远距离没管理好的条田)不去洗呢?以后我来检查生产,先从'右耳根'沿着'后脑勺',走到'左耳根',专检查你们看不到、又不愿去的地方,一旦让我发现,会毫不客气地处罚你们。"由于各连队的连长怕"后脑勺"的"灰"被任凤卓发现,大家都自觉加强了对边远条田的管理。任凤卓下连队检查农田生产的方法,大大推动了全场的农业生产,每年全场的农作物苗齐苗壮,连年获得丰收。

1959 年到 1966 年间,石河子总场的农业生产得到全面发展,受到师领导的表扬。兵团政委张仲瀚来石总场检查工作时,看到总场农业生产开展得如火如荼,高兴地说:"关于农业生产,一定要管细管好,才能获得大丰收啊,希望各团场主管生产的领导都要向任凤卓同志学习。"

老连长讲故事

荒地种油葵获丰收

一五二团二连有一块 400 亩的条田,地名叫独农。说起独农的由来,还有一段鲜为人知的故事。

20 世纪 60 年代,孙永功是独立团(现一五二团)一营营长。在他的带领下,一营的生产年年上新台阶。

生产要发展,耕地面积就得扩大。二连受地理条件限制,想扩大耕地面积很困难,大家为此议论纷纷。孙永功却说:"大家不要愁,我们是靠山吃山,既然平地已开垦完,我们就向荒山进军。玛纳斯河西岸,红山嘴山脚下那片高坡地,我看是一块相当肥沃的土地,如果能把它开垦成农田,是很有价值的啊。"连长文嘉生说:"那块地确实是好地,但没水浇灌,还不是废地一块。"孙永功笑着说:"办法是人想出来的。我们这么多人,不相信没有好办法。"后来在孙永功的启发下,大家七嘴八舌,各抒己见,最后统一意见,决定修建一条专用灌溉渠,接下来就是一个字"干"。

1965 年,"三秋"工作刚结束,孙永功便率领二连职工开始了垦荒战斗。历时一个冬天,终于完成预期垦荒目标,实现了扩耕面积 400 亩的计划。当时,有职工问孙永功:"这块地准备编几号啊?叫什么名字呢?"孙永功说:"因为这条农渠,是专供这块条田用的,我看就叫'独农'吧。"这时,孙永功又对连长文嘉生安排道:"这是一块新地。为增加土壤养分,我们必须先种油葵压绿肥,改良土壤,增加肥力,秋后再播种小麦。"按照营长的安排,二连职工很快完成了独农地全部播种油葵的任务。

半个月后,油葵绿油油的一片,长势喜人。大家都觉得把油葵翻掉当绿肥太可惜,还不如加强田间管理,收获油葵打清油呢。大家纷纷把这一想法反映给了孙永功,他立刻同意了大家的意见,要求大家加强田间管理,秋后收油葵。结果秋收一算账,亩产油葵 85 公斤,总产量近 34 吨。孙永功将油葵拉到加工厂,为全团职工提供了油葵清油。

这一年,大家都说油葵清油炒菜特别香。

年前狩猎得美味

　　退休后，一五二团原副团长郭明德常对我说起他当年狩猎的事："在特殊年代，我完成了一次特殊任务，让700多人的机耕队过了一个难忘的春节。现在回想起来，仍激动不已。"

　　1960年春节将至，独立团（现一五二团）一营机耕队的职工及家属却一筹莫展。因为，机耕队没有一斤肉、一两油，这个年该怎么过啊？当时，作为机耕队指导员的郭明德说："活人不能让尿憋死，我想办法弄肉给大家吃。"他的话音未落，一排排长谢义甫站起来说："郭指导员，你上哪儿弄肉去？"郭明德说："狩猎应该是一个好办法。"队里职工家属听说指导员要去狩猎，都喜出望外，高兴万分。

　　第二天一大早，郭明德和三排排长丁纯章带着枪出发了。他们在零下40摄氏度的雪地里，满山遍野寻找猎物。两天过去了，一无所获。郭明德对丁纯章说："老丁呀，我们千万不能放弃，700多双眼睛眼巴巴盼着我们呢，我俩不能辜负众望呀。"

　　第四天是大年三十，郭明德和丁纯章身穿皮大衣、脚穿毡筒，又出门寻找猎物了。他们饿了啃口干粮，渴了抓把雪，太阳快落山时，还是没发现猎物的踪迹。他们冻得脸色发青，全身哆嗦，郭明德灰心地说："看来，老天爷是故意不让我们吃肉了，我们收兵吧。"于是，两人踏着没膝的积雪，艰难地往回走。

　　就在这时，丁纯章转脸朝西北方向一看，惊喜若狂地喊："指导员！快看，那边有个黑影在慢慢移动。"郭明德顺着他手指的方向望去，只见500多米远处，真有一个东西在移动。

　　"嗬，是野猪！"郭明德也情不自禁喊起来。郭明德急忙端枪瞄准，随着"砰"地一声，野猪倒地不动了。

　　他们拼命向野猪跑去。没想到，当跑到一半距离时，突然发现野猪竟一瘸一拐向前方跑了。郭明德立刻瞄准，又是"砰"地一声枪响，野猪应声倒下。他们跑到野猪跟前时，意想不到的事情发生了，只见野猪龇牙咧嘴地向郭明德扑来，郭明德一个箭步躲开了，野猪却死死咬住了郭明德的枪口不松。

　　这时，郭明德果断扣动扳机，又是一声枪响，野猪终于"安静"了。当郭明德和丁纯章把野猪抬到机耕队门口时，整个连队沸腾了，职工及家属们纷纷夸赞他们的执着勇敢。那一年，大家过了个热热闹闹的春节。

团长和我打土块

20世纪60年代初,石河子南郊将军山下,驻扎着一支部队,部队番号为兵团独立团(现为一五二团)。该团奉命驻扎在将军山下,边习武边开荒生产,部队生产、生活物资全由独立团自行解决,是一支劳武结合的队伍。

那时候,部队住行条件极其艰苦,官兵们住的是地窝子,啃的是窝窝头,喝的是涝坝水,干的是重体力活,但大家的劳动积极性特别高。为改善官兵衣食住行条件,团党委号召全团官兵,在不耽误生产的前提下,利用业余时间,义务劳动打土块,自己动手盖营房。一时间,广大官兵积极响应,打土块的热情高涨。

一天,我和战士们正在紧张地打土块,突然,有人喊道:"胡友才,还有没有多余的土块模子?"我停下手中的活转身一看,原来是团长许光途。他将一辆破旧的自行车往路边一放,边走边喊着我问。"报告团长,没有多余的土块模子,我们是一人一个。"我直起身子对许团长说。"那就把你的土块模子给我用吧。""这……"还没等我把话说完,我手中的土块模子已被许团长一把拿了过去。

我着急地说:"团长、团长,你把我的土块模子拿走了,我咋打土块呀?""你是连长,到木工房找木工再做一个。"他用命令的口气对我说。

40分钟后,我拿着新土块模子,快步往回跑,老远看到工地上的许团长光着脚、赤着背,和战士们正比赛打土块哩。那热火朝天的干劲,扣土块模子的"啪啪"声和脚步声,汇聚成一部交响曲,整个工地沸腾了。

太阳快要落山时,许团长才直起腰,擦了擦身上的泥巴,风趣地说:"小伙子们,留点劲吧,咱们明天再比胜负。"

望着团长骑着自行车慢慢消失在夜幕中的背影,我的心久久不能平静,心想:"多能干的许团长啊!"

激情的劳动,火热的干劲,换来了丰硕的成果,一排排军营式平房,在将军山脚下拔地而起。从此,官兵们告别了地窝子,住上宽敞的平房了。

开荒开出蝎子窝

解放前,在玛纳斯河西岸红山嘴,流传这样一首顺口溜:"红山嘴,荒山坡,玛河边上石头多,山上有狐狸,天上飞鸟多,地下藏着长虫蝎子窝。"

1965年5月下旬的一天,我带领大家在红山嘴玛河西岸二道坡开荒造田,正当大家干得汗流浃背,热火朝天的时候,突然传来女同志的哭喊声:"快来人啊,我被蝎子蜇了,痛死我了。"

大家随声望去,原来是女战士支素芹在哭叫。班长郭金英立即跑到她跟前,帮助支素芹从裤子里抓住了蝎子。这时,战士伍其胜也跑过去,他揭开支素芹身边的那块土块,发现土块下面有大大小小一窝蝎子。战士们忙拿来盛水的罐子,将蝎子全部装到罐子里,送给石河子著名的老中医郭先生当中药材。郭先生高兴地对我说:"胡排长,今后再捉到蝎子,全部给我送来,有多少我收多少,可是没有报酬哦。"听了他的话,在场的同志都哈哈大笑起来。

我们在玛河二道坡累计开荒造田1500亩,前后捉蝎子6公斤多,全部送给了老中医。团长许光途笑着说:"你们是开荒造田又捉蝎子,真是两不误。"

自行车"飞虎队"

1969 年,我所在的连队小家购买的自行车达到了 57 辆,占全连总户数的 40.3%。买自行车的人,大都是年轻小伙子。那时,我在独立团(现一五二团)一营一连当副连长。我看到别人有自行车,心里很羡慕,于是我和爱人商量,将家里仅有的 120 元积蓄全部拿出来,买了一辆"青岛"牌大国防自行车。

有了自行车,我的两条腿就像安装了哪吒的风火轮似的,外出开会、执勤、办事都骑自行车,甚至到远处干活,我也骑自行车去。谁家需要送病号,我也派有自行车的人送。那时,自行车成了人们心目中的"现代化"交通工具。

1969 年 6 月下旬的一天,一场洪水把玛纳斯河上游龙口处、我们称为盘山渠的压水堤坝冲毁了。盘山渠干枯了,万亩禾苗没水浇。副团长孙永功命令我们,在两天内修复好堤坝,盘山渠恢复通水。

我接到任务后,立马将家里有自行车的 57 名职工全部组织起来,带上工具和干粮出发了。

一条长长的车队,沿着山边小道,蜿蜒前行。28 公里路程,我们仅用了 40 分钟就到了。

到了工地,同志们站在刺骨的河水里,捡石筑坝,互相鼓励,干劲冲天。饿了啃口自带的干粮,渴了饮口玛河泉眼水,经过持续 9 个小时的紧张战斗,我们把被洪水冲垮的堤坝,又重新修了起来。玛河的水又源源不断地流入盘山渠,万亩禾苗得救了。

孙永功高兴地说:"不简单啊,两天的任务,9 个小时完成。一是你们干劲大,责任心强。二是你们发挥现代化交通工具的优势,为修渠争取了时间。以后再有紧急任务,我还要派你们自行车'飞虎队'去。"听闻他的话,在场人的都哈哈大笑起来。

电影场里传鼾声

人们说，过于疲倦，吃饭不香；过于劳累，再好看的节目，无心欣赏。20世纪60年代初，在我们连发生过这样一件稀奇的事情，你听过电影场里传鼾声吗？

这是咋回事？故事是从农活引起的。4月中旬到5月初，这10天之内，是石河子地区水稻播种最佳时期。过了播种期，种下的水稻难以高产。有句农谚为证：有钱买种，无钱买苗。意思是说，你有钱随时都可以买到种子，但你买不到适期播种的苗。由此可见，季节对农业生产极为重要。那年，我们连要播种水稻2000余亩，而且要在10天之内播种完毕，劳动强度相当大，一人要顶几人用。连队只留一人在连部值班，全连男女老少齐上阵，加班加点抢种水稻。

一天下午，值班室的电话"滴铃滴铃"响个不停，值班员小梁急忙拿起电话："喂，请问你是哪位？""我是团部值班室值班员王振杰，现在通知你件事，告诉你们连长，团电影放映队今天晚上去你们连放电影。""好的，我现在就去稻田地跟连长说。"

小梁放下电话，出了连部的门就往12号地跑，老远就喊："连长、连长，团里通知，今天晚上给我们放电影。"

听到这一消息，稻田地里一片欢腾。这个说："真好，忙的时候还给我们放电影。"那个讲："我们有一个多月没看电影了，也该放松放松了。"正当大家七嘴八舌议论不完时，连长大声说："同志们，少说话，抓紧时间干，把手中没干完的活，赶快干完，今天提前半个小时收工，回去看电影。"连长话音刚落，稻田地里又是一片欢腾。

吃罢晚饭，战士们连身上的泥土还未顾及洗，副连长杨俊兴就叫司号员吹集合号。各班站成纵队，由杨俊兴带队，依次进入放映场。待战士全部进入放映场后，杨俊兴又发出口令："立正，向右看齐，向前看,原地坐下。""哗",150人动作非常整齐,几乎在同一时间,一屁股坐在了地上,大家兴高采烈地看起了电影。

不多一会,电影场内传出鼾声。坐在连长身旁的战士王少君,身子还前合后仰。连长见状,用手晃晃他,关心地说:"王少君同志,你醒醒,坚持看完电影,回家再睡。"

没想到王少君身子往后一仰,压在他身后那个战士身上,那个战士也往后一仰,又压在后边的人身上,"哗啦啦"倒了一大片,而且鼾声不断。电影放映员小牛感叹地说:"同志们太辛苦了!"

第二天早晨连队集会,指导员问大家:"同志们,昨晚电影好不好看呀?"大家哑默无声。连长马上接过指导员的话茬说:"同志们,昨晚电影不好看,是外国片子。我建议大家抓紧时间抢播种,争取提前完成播种任务。到那时,我亲自找团长,建议重新放一场,还是国产的。大家说,好不好啊?""好!"在一片欢笑声中,大家迈步奔向稻田地,迎接新一天工作的开始。

大伙刚把水稻播种完,团长高文才带着电影放映队,再次来到我们连。高团长风趣地说:"同志们,今天我带来的电影,可是国产的啊,不许再在电影场睡觉噢。"大家又是一片欢笑。

公共"新房"

邢金枝是安徽阜南人,1959年参军,1965年3月随南京军区转业大军来到新疆,被分配到兵团独立团(现一五二团)一连开荒种地。这批转业战士大都是带着新婚妻子一起进疆的,邢金枝就是其中之一。

因为一连没房子住,即使已婚的夫妻也得分开居住,男同志住男宿舍,女同志住女宿舍。为此,有些战士一时想不通,难免有埋怨情绪。为安排好战士们的生活,团领导还派工作组进驻一连,了解大家的生活状况,为战士们排忧解难。

邢金枝是一个心直口快的人,他对工作组的同志提意见说:"没有老婆想老婆,有了老婆想房子。没有房子,心里总是疙疙瘩瘩的。"战士张增楼在一旁帮腔说:"吃不愁,穿不愁,就是结了婚没房子,心里愁。"他们说的都是实际情况。那时,劳累了一天的战士们,总想和妻子唠唠心里话。每当夜幕降临时,他们总喜欢领着爱人,到没人的地方窃窃私语。

工作组的同志了解到这些情况后,便与连领导一起研究解决住房问题,让新婚夫妻不再分居。

解决的办法是,除留下两栋窑洞给没结婚的男女职工作集体宿舍外,其余窑洞全部分给新婚夫妇住。因为结婚人多,窑洞又少,只能4对新人分一间窑洞。4对新人住一间窑洞,怎么住?战士们也会想办法。大家将割来的芦苇做成隔墙,把一间小小的窑洞,隔成了4小间"新房"。有的人还在床上挂起蚊帐。战士们的妻子把自己的"新房"收拾得干净利索,从此新婚夫妇有了自己的"住房"。

邢金枝、张增楼、臧宪忠3家分得一间小窑洞,大家的日子过得甜甜蜜蜜。

时至今日,人们还清楚地记得52年前的一首歌谣:"盐碱地,荒山坡,兔子没有狐狸多;白天开荒种地,晚上共睡窑洞;有墙不隔音,说话全听见;一家点亮灯,照亮几家锅;不是亲兄弟,互帮暖心窝。"

荒开到哪儿，树就栽到哪儿

8月初的一天，我来到一五二团二连9号地南头的防风林。这里枝繁叶茂，大树参天，一阵风吹来，树叶发出"哗哗"的响声。我激动地搂抱着一棵大树，50年前孙营长带领我们全营职工栽树的情景，又清晰地浮现在我的眼前。

当初，红山嘴是荒凉的处女地，有首歌谣为证："红山嘴真荒凉，没有炊烟没有房，到处盐碱滩，野草都不长。遇上刮大风，飞沙走石鸟难藏。自从来了解放军，草也生，树也长，林中鸟语在歌唱，一片绿洲喜洋洋。"

1965年，兵团独立团（现一五二团）一营营长孙永功，带领大家在红山嘴山脚下开荒造田，改造盐碱地，终于在寸草不生的处女地上开垦出万亩良田。同时，他还提出要建设一条防风林，以此保护农田。"这里碱大地薄，种庄稼不长，栽树难成活。生态环境不改变，垦荒难以立稳脚。"这是孙永功常说的一句话。

在全营栽树誓师大会上，孙营长说："要改变这里的生态环境，就要从植树造林做起。我们要做到荒开到哪儿，树就栽到哪儿。"孙营长对大家说，"秋天筑林床，春天栽种树，每人植树100株，多栽多奖励。"于是，大家早出晚归，在戈壁滩上挖树坑，取出坑内戈壁石，栽上树再回填土。一场轰轰烈烈的植树运动开始了。

当年春天，全营职工植树200亩，栽种了3600棵树苗。可没想到，到了秋天成活率还不到10%，这给广大职工狠狠地浇了一盆冷水。大家分析树苗难成活的原因，是因为土地盐碱大、土层薄，难以保持水分。孙营长得出的结论是："多浇水，勤锄草，专人管，干劲足。"为解决树苗难成活的问题，各连纷纷成立了林管班，挑选责任心强的同志担任班长。

为使植树造林取得良好成效，孙永功指导3个连队的林管班工作。他对一连林管班班长周治珍说："9号地土层薄，你要勤锄草、多浇水，一定要管好这条林带。因为它不仅起到防风作用，还能成为全营植树的典范。你有决心吗？""有！请营长放心。"周治珍回答。

　　如今，这条由一营职工栽种的防风林已树大根深，与周边各条林带并肩守卫着这片土地。它们不仅成了这里的风景，更改变了这里的生态环境。

老连长讲故事

劈山填平"夹皮沟"

　　20世纪60年代,独立团(现一五二团)一营驻扎在北阳山(现将军山)下开荒造田,发展生产。营长孙永功为多开荒地,从不放过一块空闲地。在北阳山西段山脚下,有一片2000多亩的荒地,但因一条大深沟挡住水路,无法开垦。这条大深沟,当地人称它为"夹皮沟",意为沟中有沟。只有把大深沟填平,开出水路,才可开垦这块荒地。于是,孙永功决定派我和参谋孙朝刚到"夹皮沟"进行实地勘测。

　　1965年6月中旬的一天,我扛着测量标杆,孙朝刚背着测量仪,一路跋涉来到了"夹皮沟"。"夹皮沟"的地形比较复杂,这是一片大凹地。凹地中间又有一条大深沟,沟长150多米,宽60多米,靠山根沟深10多米,末端沟深不足1米。沟的中央有一个高包地带,好似个"孤岛"。

　　我们小心翼翼穿过骆驼草刺丛,站在斜坡地上,精心测量。我们忙碌了一天,终于完成了测绘任务,并将测量结果绘制成平面图交给孙永功。随后,孙永功召开全营干部动员会,他说:"要挖掉一个山头,才能填平一条大沟。挖一条沟,足有350米长,初步计算,要挖填土方量在15万立方米以上,工程艰巨,而且此处地形条件复杂,只能容纳一个连施工,看哪个连能承揽这项工程?"

　　也许是这个工程难度有点大,孙永功见大家都低头不语,便把目光转向一连连长文嘉生,他说:"老文,我想把这个任务交给你们一连去完成,有决心吗?"文嘉生听到营长点了他的名,连忙说:"心里没有底,不过,我们有决心完成任务,请营长放心。"文嘉生接受任务后,召开全连动员大会,百余名职工浩浩荡荡来到"夹皮沟"工地,拉开劈山填沟大会战的序幕。

　　工地上,红旗招展,人来人往,大家挖土的挖土,抬筐的抬筐,连续苦战 27 天后,终于挖掉了一个小山头,取土 15 万余立方米,把"夹皮沟"填为平川。后来,一连又在平川上,开挖了一条 350 米长的新渠。

如今,50 多年过去了,每当我站在将军山顶看万顷良田时,眼前总会浮现当年连队职工劈山填沟大会战时的场景,我常感慨万千。

带病播种险送命

1969 年,我在独立团(现一五二团)一连当连长。当时,一连冬小麦的播种任务是 2900 亩,团领导要求在 9 月底前播完。一连党支部为确保播种工作顺利完成,便确定梁进剑、王振杰、邢金枝、张增楼 4 位同志,配合机车组的唐号文、李玉田、马和其、马明宽 4 位同志,加大小麦播种工作力度。播种工作由我全权负责。我把 8 人分成白班和夜班,昼夜不停地播种。9 月中旬开机播种,到 9 月 25 日,我们已完成播种计划的 90%。也许是太累的缘故,这天,我病倒了,高烧至39 度。

当天晚上 22 时许,连队警卫对我说:"胡连长,刚才团部办公室来电话,说王振杰会骑摩托车,要调他去团部收发室帮几天忙,让他明天上午 10 点钟到团部报到。""知道了。"我回答道。等连队警卫走后,我突然想起王振杰和梁进剑正上夜班,得找人换他回家休息,不然明天如何到团部报到啊。还是我去替换他吧,想到这里,我便穿上皮大衣来到地里。

我找到王振杰对他说:"团部收发室让你去帮几天忙,明天上午10 点钟准时报到,你现在可以回家休息了。"王振杰走后,我和梁进剑轮换站播种机。23 时,我站在播种机的踏板上,一只手抓住播种机扶手,另一只手拿着木棒,随时敲打输送管,防止输送管被泥土堵塞,影响漏肥下种。

大概零时左右,皮大衣也不挡寒了,我突然全身发凉,直打哆嗦。就在这时,拖拉机突然停下来,当我松开扶手时,没想到拖拉机竟又向前行驶了。还没等我反应过来,便一头从播种机上栽了下去,被卷进机车镇压器的底下,迷迷糊糊什么都不知道了……当我醒来时,看见梁进剑在我身旁。原来,他在病床前已守护三天三夜了。我问他:

"我怎么会在这里？"

梁进剑说："你快把我们吓死了。你知道吗？你已昏迷三天三夜了。"梁进剑把我从播种机上栽下来的过程从头至尾说了一遍。梁进剑说："当时，驾驶员李玉田只想中途换挡，但你误认为到地头了。在你松手那一刹那，拖拉机起步，于是，你从播种机上栽下来，被卷到镇压器的底下，拖了 20 多米远。后来，我和李玉田费九牛二虎之力，才把你从镇压器底下扒出来。"

老连长讲故事

小麦试验田亩产创纪录

1970年，我在石河子农学院学习。有一天，我从杂志上看见一篇介绍美国播种小麦带种肥的文章，引起了我的兴趣。当时，我想等学习结束后，一定把播种小麦带种肥的经验用到生产中去。

1972年4月，我回到独立团一连（现一五二团一连）主管生产。7月，小麦刚收割完，我便抽调连队的马车、牛车、拖拉机，掀起积肥拉肥的劳动，为冬小麦播种带种肥做准备。

那时兵团播种冬小麦，没有带种肥的先例。仅凭我在杂志上学到的那点知识，是远远不够的。为总结经验，我把300亩7号地作为试验田。冬麦播种之前，我做好种肥的准备工作，先把羊粪放在场院上晒干，用碾子碾碎，再过筛子筛，取其碎末。在100公斤羊粪中，掺磷肥20公斤、磷酸二胺20公斤、尿素20公斤，拌成混合种肥。每亩地计划下种肥80公斤，下麦种18.5公斤。

没想到，播完小麦一周过去了，试验田里一棵麦苗未出，而没带种肥的条田全部出苗。看到这个情况，我傻眼了，百思不得其解。正当我一筹莫展时，石河子指挥部主任温福堂带着生产组陈参谋和副团长孙永功来连队检查工作。孙副团长问我："连队的生产管理还好吧？"我对他说："7号地小麦没出苗。"他问："什么原因呢？谁站的播种机？"我说："是我站的播种机。""一个连长站播种机，没下种子都不知道，你这个连长是咋当的？"我说："下种了，而且每亩地下种量是18.5公斤。""那为什么没出苗？"副团长追着问。我说："我带种肥了。"然后，我把播麦带种肥的经过向他作了汇报。在一旁的温福堂笑着说："带种肥是好事，如果成功，首先就要在石河子垦区推广。"然后，他安慰我说："走，到7号地去，我们帮你分析原因，总结经验。"

原来，是我带种肥的方法不对，陈参谋给我指点说："种子和种肥,两者之间要隔开 3 至 5 厘米,不能混在一起,否则,肥料会烧种烂种。"

　　原因找到后,孙副团长又从二连调来播种机,重新播种。5 天后,麦苗破土而出,我的心情非常激动。第二年再播种冬麦时,我调整了播种机,一个输送管下麦种,一个输送管下种肥。后来,试验田的小麦亩产创全团纪录。

副业生产红红火火

1972 年秋收工作一结束,独立团(现一五二团)一连便进入备耕和副业生产阶段。作为连长的我,开始组织连队职工各负其责着手副业生产了。

11 月初的一天,独立团政委高文才骑着自行车来到一连,检查备耕和副业生产情况。一进连队,高文才见我跟大伙儿正忙着积肥,便老远喊道:"胡连长,你们连的副业生产开始了吗?"我连忙放下铁锹,迎了上去:"报告高政委,已经开始了。""走,我们去看看。"高文才说道。于是,他推着自行车,我们边走边说。

不一会儿,我们来到烧酒房。高文才抓了一把酒曲闻了闻,然后对烧酒职工说:"味道不错,你们要多烧酒、烧好酒,不但满足全团供应,还可以供应给其他团场。"

走出烧酒房,我们来到粉条房。职工们有的在烧火,有的在打芡粉。高文才说:"冬天粉条不宜多生产,因为晾不干。可以生产一些冻粉条,够本连职工吃就行了。"当我们来到豆腐房,高文才的兴趣更浓了。他对大家说:"你们的豆制品生产太单一,应多在生产花样和门路上下功夫,比如,生产豆腐皮、豆腐干。豆腐干又分五香型和咸味型,花样多,销售门路会更广些。"

临走时,高文才鼓励我说:"虽然副业生产不是你们连的强项,但你们的烧酒房、粉条房、豆腐房都办得很好,副业生产一定要坚持办下去,不仅能改善职工生活,也可为连队增加收入。"我连连点头。

高文才走后,我立刻召集班以上干部开会,讨论团场关于加强副业生产的各项规定,并调整一连的副业生产项目,指定副连长黄仁海主抓副业生产。就这样,在全连广大干部职工群众的共同努力下,一连将冬闲变冬忙,副业生产一年比一年好。

每年春节来临之际,本团各单位和周边地区的群众都来我们连采购年货。我们生产的烧酒和豆制品销量很好,甚至远销到克拉玛依、乌鲁木齐等地。

老连长讲故事

压绿肥改良瘠薄地

1972 年以前,兵团独立团(现一五二团)二连南山脚下有块荒地,面积 400 多亩。因为是盐碱地,石头多土层薄,一直没人开垦。

1972 年冬天,我决定开垦这块荒地,就组织全连人力和机力一起上。经过一个冬天的奋斗,我们费了九牛二虎之力,硬是把地里的石头捡尽,沟填平,开出荒地 425 亩,编为连队第 12 号条田。当年,我们在这块地全部播种的是春小麦。小麦出苗后,我们浇水施化肥精心管理,但因土壤板结,麦苗仍然苗黄、苗瘦不见长。我打算放弃这块地,不种了。

团生产科科长罗学尉听说我要放弃这块地时,就来到我们连队帮我出主意。他说:"这块荒地你既然开垦了,就要想办法把它种好。如果这块地好,也轮不到你开垦,前任连长早就开垦了。不长庄稼是因为地瘦缺肥力。我教你个办法,种油菜压绿肥,要不了几年,这块地就会长出好庄稼来。"

我信了,并按照罗科长说的去办,将 400 多亩新开垦的土地全部播种上了油菜,并安排两个人专门浇水管理。

两个月后,油菜长得绿油油。我安排拖拉机手开机车进地,先是圆盘耙切,将油菜秆切碎,后再犁地,把切碎的油菜秆翻到地下。我连续两年压绿肥养地。第三年,我在 12 号地播种了小麦。结果,小麦苗是苗齐、苗全、苗壮。功夫不负有心人。当年,小麦亩产达到了 315 公斤,我们获得了好收成。

我在工作日记里这样写道:"我连有耕地 5300 亩,年年轮作压绿肥。无论是种小麦、玉米或甜菜,年年都有好收成。"

40 多年过去了,我和大家当年垦荒时的情形时常在我脑子里出现。

完善制度　实现扭亏

1975年春节刚过，独立团（现一五二团）副政委宋秋宝和一营教导员万文海，专门来到我家，向我传达关于党委调整连队领导班子的决定。

当时，宋秋宝说："经团党委研究决定，调你去二连工作。"万文海补充说："让你去二连当连长，主要是你有经验。由于二连条件差，底子薄，连年亏损，所以派你去挑这个重担。我们相信，你能完成党委交给的任务。"我说："我完全服从团党委的安排。请你们放心，等我把一连的工作交接后，就去二连报到。"

一周后，我来到二连。副连长刘广君和副指导员王秀兰欢迎我的到来。王秀兰高兴地说："胡连长，一周前我们就盼着你来呢！"正说着，畜牧排长杨生岳跑来说："连队的13匹役马和8头耕牛没草吃了，马号班的同志正在拆棚圈取草呢。猪场的猪也因饲料缺乏，已瘦得皮包骨头了。""有这么严重吗？"我问道。王秀兰说："因为入冬前饲草准备不充足，造成现在这个局面。"

我说："这不是一件小事。眼下，春耕马上就要开始了，马车、牛车要向地里运送肥料，不把马和牛喂好，哪有力气拉车呀！"情况不容拖延，我立刻回到一连，借了两马车苜蓿，然后又到六连，找到连长董举华，又借了三马车苜蓿。我对他们承诺："你们借给我的饲草，秋后保证还上。"

这借来的5车苜蓿，解决了连队的燃眉之急，牲畜得救了。但有个问题一直困扰着我，二连有200多名职工，共有4000多亩耕地，为什么农业生产总是连年亏损呢？我带着这些疑问，走家串户了解情况，并先后召开职工座谈会、班以上干部连务会，让大家畅所欲言，找问题原因。找到原因后，我进一步完善了"责任到人，奖勤罚懒"的管理制度，此举大大调动了全连职工的劳动积极性。这一年，二连生产总值实现扭亏，我因此受到团里的表扬。

奋战七天建果园

春节期间的一天,我又来到石河子将军山附近游玩,望着上万亩的葡萄园,心中感慨万千。每到夏季,这里全被葡萄藤蔓覆盖,是一片生机盎然的绿色海洋。这不禁让我想起40多年前,我带领二连职工在这里栽种果树的情景。

1975年春,我被调到独立团(现一五二团)二连当连长。职工经常对我说:"胡连长,这里土层薄,种什么都不行,连队连年亏损啊。"后来,经过考察和勘测,我对大家说:"耕地土质不好是客观因素,主观因素还在人的努力。我决定在二连栽种50亩果树。"大家听说我要栽果树,有的支持,有的反对。

为保证果树园顺利建设,我在抓大田管理的同时,专门来到三连找园林技术员罗德全帮忙。罗德全一听我要建果树园,顾虑重重。他说:"难度有点大,因为二连土层太薄,果树难以生长。"我说:"大寨人能丘陵造平原,我们就能戈壁滩上栽果树。"罗德全知道我的主意已定,便坚定地说:"好,我支持你的工作。关于建果树园的事,我负责技术指导和树苗供应,其他的事你来安排。"就这样,我兴冲冲地回到连队跟大家动员说:"为了能吃上自己种的水果,就宣布一个字,干!"

第二天,全连187名职工全体出动,奋战7天,挖树坑800个,每个坑深1.5米,坑挖好回填混合土0.8米高。混合土的比例为一半粪一半土,然后在回填土上栽树。当时,共栽果树800株,品种有红黄元帅苹果和国光苹果,又种了马奶葡萄100株。果树园建成后,连队专门组建果园班,由7人组成,优秀共产党员张守凤任班长。在果园班同志的精心管理下,果树苗壮成长,直到1978年,果树终于开花结果。因为是头年结果,连队职工每家分得2公斤苹果。职工张存兰说:"以前想吃苹果很难,如今我们能吃上自己种的苹果,太高兴了。"

将军山轶事

石河子南郊有座山,名曰北阳山,也说红山。山上有坟,有庙,有将军亭,传说纪念王(震)陶(峙岳)赵(锡光)左(宗棠)四将军。有歌谣为证:"自古边境战火繁,敌军骚扰民不安,自从来了解放军,且守边疆且耕田,十万大军战戈壁,百姓福祉放心间,一指定城传佳话。王震将军功在先,戈壁明珠石河子,铜墙铁壁是典范,千秋大业说功德,莫过王陶赵左四将军。"

一指定城

在将军山中段(即军垦第一连背后)那个山头上,有座六角形亭子,亭子上方刻有"将军亭"三个金光闪闪大字。传说是王震将军选址建城留下的佳话。那是1951年初春的一个早上,王震将军约同陶峙岳、张仲翰、王季龙四人去察看地形,他们骑马从绥来县城(今玛纳斯县)出发,沿着准噶尔盆地南缘,玛纳斯河西岸,边走边看边谈,不知不觉到了中午,也许是肚肠饥饿原因,四人策马来到三营七连驻地(即军垦第一连)。在七连食堂与官兵们共进午餐。饭后休息片刻,王震将军站起来,对身边陶峙岳说:"陶将军,咱们登上山顶看看吧?"陶司令员说:"好呀。"边说边站起身,与王震将军一前一后,往山顶爬去。张仲翰、王季龙还有三营营长任凤卓,也紧跟其后。不多时来到山顶。王震将军站在山头上,目睹山下大片无炊烟的土地,脸上泛起了笑容,高兴地用手指着山下大片土地,对张仲翰说:"老张呀,你看这片土地真好,南有白雪皑皑天山映衬,东有玛河流水潺潺,北面和西面,又是一望无际大平原,是选址建城好地方,我们就在这儿建城吧!"陶司令员忙说:"好好好。"回来后,张仲瀚组织人员测量、设计、画图纸。不久,戈壁明珠石河子这座军垦城问世了。王震将军一指定城的故事至今还在民间传颂着。

将军坟

在将军山西段山脚下,有四位将军坟,从东向西一字排开,分别是赵锡光、王根僧、陈德法、刘振世。四座坟都是水泥墓顶,大理石立碑,碑文金字发光,分别撰写四位将军身世。赵锡光中将军衔,1955年9月21日病故。生前任中国人民解放军二十二兵团副司令员,兼任中国人民解放军第九军军长,同时又兼任石河子建设规划处处长。他工作积极认真又能干,平易近人,善待班子成员,善待他的部下,善待他的士兵。被官兵誉为"群众贴心人"。

赵锡光患病后,王震将军派飞机把他送到兰州军区医院治病。赵锡光住院期间,他时刻惦记石河子的建设和发展,病未痊愈,赵锡光硬是要求出院,医生犟不过他,允许他出院了。

司令员陶峙岳听说赵将军出院回家了,就急忙来到赵锡光家中,关切地对赵锡光说:"锡光呀,你的病还未痊愈,咋出院了?没有个好身体,咋能工作啊!我建议你现在就回医院,待病治愈了,再出院,我们还有很多的工作等你去做呢。"

赵锡光紧握住陶司令员的手说:"不是我不愿治,只因我患的是绝症(肺癌),恐怕是治不好的,白花国家钱,我们的国家还很穷,花钱的地方太多了,我省点钱为国家搞建设,也算是我为国家作一点贡献吧。"

1955年秋天,他病死在工地上,享年54岁。赵锡光临终前,说了三句话。第一句话说:"遗憾啊,我没有机会见到伟人毛泽东了";第二句话说:"我刚刚找到人生的起点,还未加入中国共产党,我的生命就要结束了";第三句话说:"我不能亲眼看到石河子城市建设落成了"。说完三句话之后,就闭上双目与世长辞了。人们怀着沉痛的心情,将他埋在将军山下。

第二座坟,是王根僧,是爱国将领,原是中共党员,北伐战争失败,与党失去联系,后任杨虎城将军参谋长。延安时期,他为共产党提供很多情报。起义后,担任中国人民解放军第九军第一副军长。

第三座坟,是陈德发的坟,"9·25"起义后,任中国人民解放军第九军第二副军长,爱国热诚很高。最后那座坟是刘振世的坟,"9·25"起义后,任中国人民解放军第二十五师(今第七师)师长,是爱国将领。

将军庙

在玛纳斯河西岸,高高的红山顶上,有座寺庙,"文革"前香火不断。"文革"期间被红卫兵"破四旧立四新"拆除。据说是纪念清朝大臣左宗棠而修建的。

左宗棠(1812—1885),湖南湘阴人,清朝末年为洋务派,湘军首领。光绪元年(1875年)五月,他以钦差大臣督办新疆军务。当时左宗棠已年逾花甲,他主张"海防,塞防"并重,"全力注重西征",受到朝廷上下广泛支持。为了表达"不收复新疆决不告老还乡"的决心,他抬棺西征,沿路栽树,一直栽到玉门关。他沿路栽的树,人们称"左公柳"。

那个时候的清朝政府,内外交困,危机四伏。新疆叛乱匪首金相印勾结浩罕国匪徒阿古柏入侵新疆,占领南疆大片领土。沙皇俄国也乘虚而入,占领了垂涎已久的伊犁,并侵入博乐、精河、乌苏等地。左宗棠受皇帝之命,亲自挂帅,统领六万多清兵将士,军威浩荡,兵分三路直挺新疆。1876年7月,收复了迪化(今乌鲁木齐)、昌吉、呼图壁、乌苏。紧接着又挥师南下,于1877年连续攻克南疆八城,把阿古柏残匪赶出新疆。1880年,左宗棠又把大本营由肃州迁驻哈密,誓与入侵伊犁的沙皇俄军决一死战,迫使沙俄军队撤兵,将伊犁等地收复。胜利完成了收复新疆失地的历史使命。光绪十一年(1885年),左宗棠奉诏书班师回朝,不久就谢世长辞了。人们为怀念爱国将领左宗棠的爱国热忱,修建祠堂庙宇,一年四季烧纸焚香祭祀。左宗棠千秋功绩永垂青史,世人永远难以忘怀。

连队打机井　老少齐上阵

1975 年 11 月 17 日，在二连打井工地上，500 多名男女老少提着水桶、端着脸盆到涝坝里舀水，然后把水倒进机井里，场面十分壮观。

这是咋回事？故事还要从头说起。1975 年，我在独立团（现一五二团）二连当连长。8 月中旬的一天，团政委高文才来二连检查工作，看到农作物长势喜人，政委高兴地说："年底我要给你记一功。"我说："如果能给二连打一口机井，这比记功还重要啊。"政委笑着对我说："你放心，我回去安排基建科，与你们商量规划打井事宜。"第二天，团基建科科长赵德仁带着地下水文图纸，和我们商量打井。最后我们一致决定，机井设在营区食堂附近。消息一传开，全连职工沸腾了。

不久，一支来自克拉玛依的钻井队来到二连，他们按指定位置架设钻井机，等一切安排就绪，就开始钻井。8 天后，钻井队队长无奈地告诉我："实在对不起啊，胡连长，我们井钻偏了，没办法，你们另请钻井队吧。"我问："那偏了多少啊？""12 米。""不能矫正了吗？""不能。""为啥？""因为我们是旋转式钻井机，钻到一定深度，遇到松软结构土质，掌握不好就会产生偏差。所以，我建议你们另请有冲击式钻井机的钻井队。"钻井队队长说。

10 月中旬，团里又安排一四三团钻井队为我们打井。按照工程进度，进入冬季，钻井队应停机检修，但在我们再三恳求下，钻井队秦队长破例答应为我们继续打井。为了赶工期，钻井队的同志不分白天黑夜，奋战 47 天后，井深已达到 187 米。

秦队长对我说："胡连长，现在井的深度够了，可以洗井抽水了。"但当时渠道已停水，没水咋洗井呢？连队配水员张登贵说："渠道里没水，但涝坝有水，我们提水啊。"在他的提议下，才出现了文章开头提水洗井的场面。后来，这口机井不仅能为二连职工提供生活用水，还为附近十连和一连的职工提供了用水，为大家的生活带来了便利。

连队面貌焕然一新

王志荣,祖籍山东,抗美援朝二级战斗英雄,大尉军衔。1975年,王志荣调任独立团(现一五二团)团长。当时,我在独立团二连当连长。

1975年3月初的一天上午,团部生产科科长姚庆文打电话通知我:"胡连长,明天我陪新调来的团长王志荣到各连队检查工作,估计明天下午到你们连。你重点汇报农机具检修工作、农作物种子准备情况以及环境卫生问题。"

放下电话,我立即召开班以上干部会议,布置各项任务。

我对大家说:"各班划分的卫生区域一定要认真打扫,特别是食堂和托儿所必须全部扫除一遍,不留死角。"

第二天下午,姚庆文陪同王志荣来到我们连队。

王志荣站在连队的路边说:"怎么,你们连道路两边栽的是新疆杨啊?其实,早春时节昼夜温差大,新疆杨的树皮遇到低温时,树皮紧缩,气温升高时,树皮易膨胀。年复一年,树干就会出现裂口,很难看,难免会影响连队环境的美观。"

当我们来到一家装煤炭的小房子前,王志荣对我说:"这样的装煤房连队有多少间啊?""每户一间,共有173间。"我答。

"既然是装煤炭的房子,当初为啥不盖整齐呢?你看,这些房子高矮不一,前后不齐。"王志荣说。

到了库房,王志荣详细了解了各种农作物种子的准备情况。他问我:"这些种子,都做过发芽试验了吗?发芽率是多少?"我都一一向他作了汇报。

临走时,王志荣又嘱咐我说:"胡连长,现在离播种期不到20天,这段时间,做好两件事:一是把连队道路两旁的新疆杨全部换成榆树,因为榆树耐旱,且树冠大、外观好看;二是把装煤炭的小房子弄整齐了。"

送走王志荣后,我立即召开全连职工大会,认真传达团长的检查指示。大家一听,都说团长说得没错,并迅速按团长的要求进行整改。于是,连队统计员用皮卷尺丈量煤炭房的尺寸,保管员拿来生石灰,在房子四周各划出一条直线。房子超出线外的部分拆除,房子不到线的部分用土块砌齐,矮的加高,高的拆掉。

春播工作结束后,我们又集中力量把道路两旁的新疆杨陆续挖掉,全部栽上了榆树。经过整改,连队面貌焕然一新。

掰苞谷要不要先砍秆

1975 年春,我在独立团(现一五二团)二连当连长的第一天,就碰到一件棘手的事。当时,牲畜缺饲草闹饥荒,无奈之下,饲养员只好拆棚圈取草喂牲畜。我到附近的单位借了些苜蓿草,这才解决了燃眉之急。

根据二连每年冬季缺饲草的实际情况,我们反复调研,并向当地少数民族村民请教,一年后二连逐渐改变了这个状况。这个改变还要从秋收苞谷讲起。1975 年 9 月,正是连队收获苞谷的时节,我提出先砍秆后掰苞谷棒,很多职工表示不理解。

有的人说:"胡连长,站着掰苞谷棒总比蹲着掰苞谷棒轻松些,为何要先砍秆后掰苞谷棒啊?"针对大家的情绪,我耐心地解释说:"同志们,我让大家先砍秆后掰苞谷棒,自然有我的道理。提前砍倒苞谷秆,就是争取太阳能把秆子晒干,保证饲草不会发霉,冬天就不会再闹饲草荒了。虽然这样做,会增加我们的工作量,但能一举两得。"

我见大家低头不语,就又算了一笔细账:"同志们,我们连有 192 只羊,按每天每只羊啃 30 棵苞谷秆,一个越冬期按 120 天计算,每只羊一个冬季要啃 3600 棵,192 只羊要啃 70 万棵苞谷秆。我们的苞谷地是 900 亩,按每亩保苗株数 950 棵计算,共有苞谷秆 85 万棵。就是说,万一苞谷秆没晒干出现了霉变,就不能保证牛羊有充足的饲草安全越冬了。"

经过有理有据的分析,大家觉得我说得有道理,纷纷点头称赞。第二天,二连职工拿着锋利的镰刀,一场砍苞谷秆比赛开始了。

生产管理方式的改变,为连队的畜牧发展带来了好势头。每年秋收过后,连队储存大量苞谷秆,加上 1000 多亩的苜蓿,冬季饲草供应问题解决了。年终,连队牲畜存栏数达 5000 头,实现了畜多、粪多、粮食多。从此,连队生产年年上新台阶。

改建三支渠　荒地变良田

1975年，独立团（现一五二团）二连有一条三支渠，它斜跨在9号地和13号地之间。在斜渠上方，有一片荒地因靠山坡地势较高，无法浇水，一直未开垦。如果把三支渠修直，这片荒地就能浇上水，有水就能种农作物。改修渠道是大事，必须请示团领导。

当年7月，作为连长，我向团首长递交重修三支渠的申请。3天后，团政委高文才骑着自行车来到我连，要我带着他实地察看如何改修渠道。

我和连队的统计员老王跟随高文才顺着三支渠，来回走了一遍，然后又来到山脚下这片荒地旁，高文才让老王丈量出这片荒地大概有多少亩地。

一个小时后，老王测量完毕，还未等他说话，高文才急不可待地问："荒地有多少亩？""大约60亩。"老王回答。高文才低头掐指一算，说："这60亩地，一年能多收粮食近百担，这是好事啊，我支持你们改修渠道。"高文才又问我说："这条渠道有多长？""1300米。"我回答说。他沉思片刻说："1300米，工程不算大，团里如果不给你派劳力，你组织本连职工修渠，能完成吗？""一定可以完成。"我响亮地回答。"关于技术问题，我派基建科人员协助你，等秋收工作一结束，你就组织施工吧。"高文才交代说。

1975年10月15日，二连组织了170名壮劳力参加修渠任务。我们的劳动口号是："变冬闲为冬忙，冬修渠道比比看；宁肯掉下二斤肉，修不好渠道不收兵。"二连副指导员王秀兰在保障修渠职工吃好、休息好的同时，随时随地表扬在挖渠中涌现出的好人好事，大家鼓足劲儿地干。苦战33天后，修渠任务比原计划提前了一周完成，受到团领导表扬。

当时,高文才站在新修好的渠道上,高兴地说:"二连的同志好样的,发扬兵团人艰苦奋斗的优良作风,你们敢闯敢干能吃苦,这种精神值得全团同志学习。"第二年,我们在 60 亩荒地上种植了春麦,望着绿油油的麦苗,大家都十分高兴。

老连长讲故事

苦豆草追肥瓜更甜

20 世纪 70 年代,我在一五二团一营一连当连长。1978 年春节刚过,石河子市外贸公司的老田找到我:"胡连长,今年 8 月,我想向你们连收购 400 吨甜瓜,要求是每个甜瓜不得少于 3 公斤、含糖量不得低于 14%。你们先考虑一下,如果同意,过两天我来和你签合同。"我回答道:"完成 400 吨甜瓜的种植任务没问题,但要求含糖量在 14%,这个我可不敢保证啊!"老田说:"必须保证甜瓜的含糖量,如果达不到,我没法收购,你先回去和大伙儿商量一下吧,我等你回话。""好的。"我答道。

第二天,我召开全连大会,一是讨论制定当年的生产计划;二是讨论与外贸公司签订甜瓜收购合同一事。会议开得很热烈,大家围绕如何种出含糖量高的甜瓜争相发言。有的人说:"甜瓜产量可以完成,但如何提高含糖量是个问题。"有的人建议:"提高甜瓜的含糖量,关键是要少浇水。"有人则反驳道:"水浇少了,产量怎么能上去?"大家争来争去,意见得不到统一。

当时,坐在我身旁的二大组副组长陈成英一直没发言。我问她:"你平时话最多,今天怎么没发言?""我还没想好。"陈成英回答。过了一会儿,陈成英站起来说:"胡连长,你参加过农业培训,肯定有好的主意和建议,你就给大家说说呗。"

在陈成英的提醒下,我想起在农业培训班里教学的石老师对我说过这样一番话:"小胡,这次农业培训,你学得非常扎实,再说,你负责连队的农业生产,在种植方面有很多经验。今天,我还想告诉你,以后你们连如果种甜瓜,用苦豆草做绿肥,可提高甜瓜的含糖量,因为苦豆草的主要成分里有槐定碱,它可提高瓜类的甜度。"于是,我向大家转述了石老师的意思。我的话音刚落,陈成英在一旁补充道:"我在老家也听老人说过，将嫩苦豆草割回来埋在坑里，等它腐烂发酵，然后给甜瓜追肥，甜瓜会变得很甜。"

听完我和陈成英的建议，副连长王开林一拍大腿说："这个办法好啊，我们这里野生苦豆草多得很。等苦豆草长到 30 厘米高时，我们把它割回来，再用粉碎机将它粉碎，拌上羊粪埋到坑里。羊粪是热性的，15 天就可发酵，不耽误我们给甜瓜追肥。""好，好，我们可以试一试。"大家兴奋地说。

我见大家对提高甜瓜的含糖量信心十足，心里的一块大石头终于落地了。我高兴地对大家说："大家安静一下，现在我来安排任务。今年，我们连种植 150 亩甜瓜，由二大组负责播种、追肥、浇水，并且一定要保证甜瓜的总产量和含糖量双达标。你们二大组有决心吗？""有！"二大组的职工们大声回答道。

我接着说："关于割苦豆草的任务，全连所有在册人员，每人义务割草 100 公斤，由王开林过秤验收，再安排职工进行粉碎和发酵。""好的，这个任务我一定完成。"王开林说。就这样，3 天后我们连和外贸公司签订了甜瓜收购合同。

经过全连职工的努力，当年，我们连生产甜瓜 460 吨，后经外贸公司检测验收，甜瓜含糖量高达 16%。老田高兴地对我说："胡连长，谢谢一连的职工，明年我还要和你们签订甜瓜收购合同。"

吴文谦和老伴张秀英拾花比赛

　　吴文谦是江苏淮安人,1959年支边进疆,被分配在八师园艺连(今一五二团六连)当农工。他工作积极能吃苦又能干,是连队生产骨干,连年被评为生产能手。他退休后,仍然关心连队工作。他看到谁家地里农活没干完,他就主动去帮忙锄草、施肥、浇水。群众说他是闲不住的老人。

　　一天午饭后,他到地里转悠,看到白花花的棉田,心里特别着急,便回家和老伴商量:"秀英呀,我们孩子都长大了,又都在外地工作,我们老两口在家闲着没事干,不如我们下地去帮着拾花,争取棉花早日归仓,你看行不?"

　　张秀英爽快地说:"咋不行,反正我们闲着没事做,帮助连队拾花也是应该的。不过,我有个建议,我们去拾花,不能吃大锅饭。我们要拾花比赛,要各记各的账,看谁拾花多。"老吴一听乐了,随口应道:"你说比赛就比赛,如果你拾不过我怎么办?"老吴挑衅性地说。"那就谁输谁买一只鸡请客呗。"张秀英说。老吴一拍大腿高声说:"好,一言为定!""你要是输了可不许耍赖啊!"张秀英担心地说。"不要赖,不要赖,绝不要赖。"老吴坚定地说。

　　第二天一大早,年逾七十的吴张老两口,各人腰间都系着一条拾花袋,怀里还各揣一个小记账本,一前一后来到11号棉田,准备下地拾花。这时,连长夏冬红走到他俩面前,关切地说:"吴大爷,你年岁高,就别……""别什么别,我身子骨好着呢。今天,我要和你张大妈拾花比赛呢。"老吴说完头也不回,进地拾花不止。

　　一天天过去了,老两口的拾花本,每天都记着一串数字。转眼到了10月10日,也是老吴两口拾花第34天,老两口的小本子上,记满了一串串阿拉伯数字。会计一合计,老吴34天共拾花1376公斤,张秀英拾花1664公斤,比老吴多拾288公斤。张秀英笑着说:"我赢了,兑现不?""兑现,兑现。"老吴边说边骑自行车向农贸市场奔去。

(原载《石河子日报》2002年10月15日)

挖老树　栽新苗

20世纪60年代,我在独立团(现一五二团)一营一连当排长。我们团是武装值班部队,既开荒生产,又不忘战备。为提高部队战斗力,无论是开荒生产,还是军训演习,都按实战要求,纪律性强,说干就干,雷厉风行。

1968年11月初的一天,营长孙永功对我说:"胡排长,明天你带领全排同志到石河子第一招待所(现石河子宾馆)栽树。这个任务很艰巨,一是工作量大;二是路程远,没有交通工具;三是中午没人送饭,要自带干粮。当天栽树完成后,对方还要验收。你们能完成栽树任务吗?""能。"我斩钉截铁地说。

第二天一大早,我带领全排同志一路小跑,仅用55分钟便跑完17公里路程。

到达目的地后,管理员开始给我们分任务。他指着远处的一片林带说:"你们先把老树挖掉,然后再栽新树。这些树的树龄都在10年以上,挖起来很费劲,辛苦你们了。"

当时,我数了数,共有200多棵老树。我对大家说:"我们36个人分成7个组,每组5个人。在挖树过程中,大家要注意安全,同时,我们要开展劳动竞赛,看哪个组挖得老树最多,栽得树苗最多。"随后,管理员给我们拿来了几把坎土曼,大家轮换着挖老树。

同志们干劲很足。战士伍其胜双手磨出了血泡,仍坚持挖树。200多棵老树挖完后,我们在原地开始打林床。两个小时后,300多棵小树苗齐刷刷地立在了林床中。收工时,我们忘记了一天的疲劳,一路高歌回到了连队。

开展"一帮一，一对红"活动生产效益增

1969 年 3 月，由上级牵头，兵团独立团（现一五二团）一连与石河子糠醛厂开展"一帮一，一对红"活动。

兵团独立团一连是先进连队，多年被兵团授予"四好标兵连队"称号，连队生产年年完成好，石河子糠醛厂生产滞后。两个单位结为"一帮一，一对红"之后，生产蒸蒸日上，糠醛厂当年摘掉亏损帽子，一连保持先进连队称号，受到上级好评。

我们开展"一帮一，一对红"活动的方法是，相互交流情况，取长补短。我们组织职工代表互相参观学习，观摩生产。首先参观我连大田作物长势，又参观我连畜牧业生产。糠醛厂的职工代表参观我连养猪场，看到我连养的猪个个体胖腰圆，一个职工代表惊讶地说："哇！猪太胖太大了，你们是咋喂的呀？猪长得这么好！"

应他们要求，我叫猪场班长梁朝万向他们介绍养猪经验，并给予物资支援。

从那以后，我们经常开展互帮互学，碰到问题立马解决。比如，我连锄草定苗缺劳力，糠醛厂的领导动员厂工人前来我连帮助锄草干活。糠醛厂生产有困难，我们派人派物支持，一连和糠醛厂结下了深厚友谊。

这一年，我连又超额完成团里下达的各项生产指标，糠醛厂实现了收支平衡，摘掉了三年亏损帽子，"一帮一，一对红"活动取得显著成效。

致富路上谱新曲
——一五二团二连一位农工致富小记

秋收结束后，一五二团二连财务室里的算盘珠子拨得"噼啪"直响。连队里一位平时不被人注意的职工如今成了全连致富的"冒尖"户。他的致富经验值得垦区农工学习。

今年35岁的孔德华，出了校门后，就来到连队承包土地。当时家里很穷，种地一年的收入只能填饱肚子。不安分的他，没有像伙伴一样，整天泡在那几十亩承包田地里，而是在种地之余又多学了一门技术——养鸡。每到农闲时，他就抽空到市里的农贸市场打听鸡蛋的市场价格，有时一去就是一整天。

1989年，孔德华借了8000元钱买回了700只蛋鸡，办起了养殖场。孔德华心想，种地之外再搞点副业，家中的生活就会好起来的。养鸡的头一年，由于技术学得不精，鸡得了病，一下子死了200多只。办养鸡场不仅没给孔德华带来半点效益，反而背了一身的债。可这也没有让他放弃养鸡的念头。

1991年，市场上肉鸡畅销，孔德华又借了6000多元钱，买回500多只肉鸡和20吨饲料。为吸取上次的经验教训，孔德华又购回养鸡技术书籍，除向书本学习外，还四处拜师求教。这一年，他的心血终于没有白费，除了物化成本，他的纯收入达到2000多元。第二年，孔德华养鸡信心大增，养鸡数量猛增到2500只，并且采取循环养殖新技术，每进一批鸡苗60天就可出栏。第一批鸡苗进场40天后，接着进第二批鸡苗。这样下来，他一年内可向市场提供7批共1万多只肉鸡，纯收入达到2万多元。

在种好承包地的同时，孔德华把养鸡业这篇文章越做越大。如今,他的养殖场由过去的 500 平方米扩大到 700 多平方米,仅养殖一项,年均收入 2 万元,最高达 3 万多元,加上种地收入,他家每年收入在 5 万元以上。

孔德华说,他家的棉花今年虽然遭了灾,没挣上钱,但种植亏养殖补,养殖这一块仍给他家的存款单上增加了 2 万多元的收入。

张晓林种菜围着市场转

在连队，张晓林是个沉默寡言的人。别看他不爱说话，可他干起活来像个小老虎，而且肯动脑筋，干啥事都有心计。

1997年，27岁的张晓林承包了30亩棉花地。他的地旁边，是一个老菜农种植的蔬菜地。每次干完棉花地里的活，他就到老农的菜地里，一边帮着老农干点杂活，一边跟老农学习种菜技术。两年的时间过去了，张晓林不仅成了植棉能手，而且还学到了种菜技术。

1999年，团场鼓励农工搞多种经营，拓宽致富门路。当周围人还在犹豫不决不知种什么好时，张晓林已在自家的5亩菜园里种上了茄子、辣椒等各种蔬菜。蔬菜成熟后，这位不怕吃苦的小伙子又蹬上三轮车，把摘下来的新鲜蔬菜，拉到离连队几十公里远的蔬菜批发市场出售。那几年，张晓林种的蔬菜虽然没挣多少钱，但他却认为值，因为这让他认识了什么是市场，也学到了不少市场经营方面的知识。同时，他也明白了一个道理，无论干什么事都要按市场规律办事，不能盲目乱干。

正是有了对市场的这种认识，张晓林才决定逐渐扩大蔬菜种植规模。

过去，张晓林种菜只种辣椒、茄子和西红柿等老品种，市场销路不太好。后来，他根据市场需求调整蔬菜品种。前几年，市场上对豆角的需求量大，他就马上改种豆角，而且采用早熟和晚熟两个新品种，一年可种两季。今年，他到市场调查行情时，发现市场对早熟的包包菜需求量大，他就及时调整种植结构，并且专程从外地购回了优质早熟品种甘11号。他的这一决策让他大捞一把，5亩地产了16吨包包菜，纯收入达7040元。今年，张晓林仅种蔬菜一项收入就达1万多元。

5 亩自用地被张晓林经营得像个"聚宝盆",平均每年都要给他带来 8000 多元收入,最多时达 12000 多元。职工们羡慕地说:"张晓林的 5 亩自用地真是变成了摇钱树。"张晓林却说:"围着市场转,种啥啥挣钱。"

　　在连队的支持下,今年秋收完结算后,张晓林又开了几亩荒地,把蔬菜种植面积扩大到了 12 亩。

（原载《石河子日报》2001 年 11 月 13 日）

乱石岗变成富庶乡

——一五二团二连农工致富记

一五二团二连紧挨着玛河西岸。也许是离玛河近的缘故，这里到处都是石头。连队就坐落在一片乱石岗上。因此，这里的人又称二连是乱石岗。

听说我要来二连采访，一位老军垦随意念了一首打油诗："远看白茫茫，近看乱石岗，一片盐碱滩，野草都不长。"见我不解的样子，农工又笑着对我说："现在的乱石岗已经变了。"

到了二连一看，果真如那位老军垦所言，连队就在乱石岗上，田里到处都是拳头大小的卵石，就在这自然条件极差的乱石岗上，二连的农工们用汗水和智慧走出了一条致富路子。

二连连长杨光喜介绍，今年二连首次大面积种植棉花。尽管受了灾，但全连籽棉平均单产仍达到 262 公斤，全连职工人均收入 5000 多元。

种棉花是二连农工在乱石岗上走出的第一条致富路子。在满地石头蛋子的土地上种棉花，以前对二连来说是一件想也不敢想的事。过去由于土地自然条件差，连队的主要作物除了小麦就是玉米，后来连里曾尝试着种植甜菜、啤酒花和制酱番茄等经济作物，但都因市场因素没能实现预期设想，连队非但没有富起来，反而欠了一屁股债。到 1999 年，这个只有 60 来户职工家庭的连队竟亏损 15 万元，二连成了全团最贫穷的连队。

眼看着邻近的连队一个个富了起来，二连的干部职工心里那个急呀，"可咱这个先天不足的土地条件，又有啥法子？"望着条田石头，农工们的眉头拧成了疙瘩。

办法是逼出来的。2000 年，新调来的连领导班子广泛征求职工们的意见,决定种植棉花,大着胆子播下 2400 亩棉花。棉花对土地条件要求高,连队除在技术上完全按照栽培模式种植外,还根据连队实际情况,采取了自创的管理办法。地里石头多,职工们就在播种机进地前,先把地表的石头捡光。出苗浇水时,连队组织职工用勤浇水的办法对棉花实施灌溉。干部职工们咬着牙苦干了一年,终于有了喜人的收获,全连籽棉单产达到 330 公斤,全连参加承包的职工人均收入9750 元。当年,全连唯一承包大户练中平承包了 200 多亩棉花地,单产达到 300 多公斤,纯收入 6 万多元。

今年,连队职工对种棉花信心更足了,全连职工 100% 承包了棉花地,还出现了 42 个承包大户,棉花种植面积也扩大到 3165 亩。连队在去年种植技术的基础上,又推行了 3 膜 12 行的栽培模式。承包大户李红传种了 300 多亩棉花,籽棉单产 260 公斤,收入达到 45000元。今年虽然遭了灾,但全连棉花总产仍然达到 850 吨,创产值 38万元。

在抓好种植业的同时,职工们还搞起了养殖业。二连靠近玛河,水草丰盛,有利于发展养殖业。为利用好这天然条件,连队制定了优惠政策,鼓励职工发展养殖业,这又为农工开辟了一条致富的路子。

农工王开林退休后搞了养殖业,现在他家已发展了 200 多只羊,年收入 7000 多元,家里还买了小四轮拖拉机,还在市里买了两套楼房,小日子过得甜甜蜜蜜。

通过两年的努力,连队私人养殖户由原来的三四户发展到现在十多户。职工们发挥各自的特长,养羊、养猪或养鸡,目前,全连私人养羊只数已达 700 多只,从事养殖业的家庭户均年收入 7000 多元。

(原载《石河子日报》2001 年 11 月 5 日)

挑马灯削甜菜

1973年,我在独立团(现一五二团)一营一连当连长。当时,一连种植了3500亩甜菜。临近中秋,团生产科工作人员到一连对甜菜进行测产,亩产平均可达3.8吨。甜菜丰收是个好事,但在入霜前必须将甜菜全部收回,这成了压在一连职工心里的一块大石头。

为尽快将甜菜收完,连队召开"三秋"工作动员誓师大会,动员口号是:"是英雄是好汉,'三秋'工作比比看;不怕苦不怕累,'三秋'工作出满勤;不请假不旷工,'三秋'工作当先锋;宁肯掉下二斤肉,不获全胜不收兵。"在动员口号的鼓舞下,紧张的削甜菜工作从9月25日拉开序幕。在全连职工的共同努力下,到10月上旬,3500亩甜菜已削完90%。

10月15日,团广播站接到通知,最近几天,乌鲁木齐以西沿天山一带有雨夹雪,局部地区可达中量。得知这个消息后,我与指导员陈东山商量,决定16日早晨再次召开地头动员大会,动员大家开展突击劳动,无论如何要在雨雪到来之前,将8号地的480亩甜菜抢削完。

当时,我站在地头对大家说:"同志们,这两天有雨夹雪,我们8号地甜菜要抓紧时间削完。不然,剩下的甜菜就要被雪埋掉了。大家都说说,我们该咋办?"我的话音刚落,妇女排班长刘树德站起来说:"胡连长,我有个建议,把8号地的甜菜,按行数分给每个职工,让大家想办法,必须在几天之内削完,谁完成就放假3天,完不成不能休息。""这个办法好,我赞成。"浇水排长余德林补充说。

当时,我赶紧安排统计员将480亩甜菜,按行数分给每个职工。就这样,有的职工请亲朋好友来帮忙,有的职工让孩子也来削甜菜。白天地里人头攒动,晚上家家挑着马灯削甜菜,劳动场面非常壮观。

三天后,连队职工基本完成了削甜菜的任务。第四天早上一觉醒来,大家发现大地已披上了一层薄薄的银装。

　　如今,40 多年过去了,每当想起连队职工挑着马灯削甜菜的劳动场面,我的心又飞回到从前,非常想念与我一起工作过的老战友和老朋友,他们现在还好吗?

她们都是和时间赛跑的人

"她们都是和时间赛跑的人。"说这句话的人是独立团(现一五二团)政委高文才。我是一连连长,我们连底子厚,基础好,年年超额完成团里下达的各项生产指标,年年给团里上缴利润,多年被团里评为"四好"连队。全连同志非常珍惜集体荣誉,积极做好工作,用实际行动维护集体荣誉。

1973年春节过后,政委高文才来我连检查工作,我连利用春节时间,组织群众打擂台运肥料,把春节过为农忙节,群策群力,打拉运肥料歼灭战,仅用20多天运肥4524吨,使2500亩甜菜地全部施足底肥,为甜菜创高产打下良好基础。高政委十分满意,夸咱一连职工是好样的,夸咱一连妇女能顶半边天,是生产的主力军,是和时间赛跑的一群人。

1973年1月20日,团里召开年关安全教育会,团长讲话说:"安全教育是常态,要天天讲时时讲。在抓好安全生产的同时,也要抓生产进度和质量。根据气象预报,今年气温回升要比往年早,各连备耕工作还没完的,务必在2月底前结束。"

在回连路上,我反复想团长这句话,我连还有2500亩地底肥没运完,如果不抓紧,一旦化雪就运不成了。我越想越急,心急火燎回到连队。

我把自行车往路旁边一撂,急忙召开班以上干部会,传达团里会议精神。我说:"同志们,再过十多天就是新年(春节),我们还有2500亩甜菜地底肥没上完。为确保甜菜单产4吨半,这个任务必须完成。现在是1月20号,我们要下大力气,争取完成。大家说,怎么完成?"

我的讲话刚完,妇女二排长刘树德抢先发言说:"我有个建议,现在摆擂台,动员大家都来打擂台,调动大家积极性,开展运肥活动,过年拉肥料，过个革命化新年。"

"这个建议很好，我赞同。"坐在一旁的妇女一排排长韩德英说。

这下会场热闹了，大家七嘴八舌说个不停，指导员表态说："事不宜迟，说干就干"。

从 1 月 22 日摆擂台，参加打擂的，除后勤排、畜牧排、副业排和有特殊情况人员不参加外，实际有 196 人，劳动热情高涨。大家起早贪黑，顶寒风战雪地，就连大年初一，有的人吃完饺子就下地拉爬犁。共产党员郭金英，她既是班长，又是战斗员，带病上阵，带领全班人员早出晚归，运肥不止。

女职工孙世芳，更是吃苦在前，为不耽误拉运时间，她手拿玉米发糕，肩拉爬犁，边啃边走，创日工效 109 趟，折合路程 80 公里，创日运肥量达 26 吨。

从 1 月 22 日开始打擂台，到 2 月 16 日结束，仅用 26 天，运肥 4524 吨，2500 亩甜菜地，全部施足底肥。郭金英、何立珍、孙世芳、路玉英等 47 名同志被团里评为"三八红旗手"，才出现文章开头那段话：她们都是和时间赛跑的人。

少数民族同志送来热奶茶

20 世纪 60 年代，我在独立团（现一五二团）二连当排长。

1964 年 12 月下旬的一天，大胡子场长王东山派我带人去割苇子。

于是，我带领全排同志，冒着零下 40 摄氏度的严寒，徒步 20 公里，来到一个名叫"马场"的地方。这里有一片苇子湖，大家七手八脚割起苇子来。

午饭是我们临来时带的窝窝头。

中午吃饭时，全排同志围在一起啃窝窝头，渴了抓把雪放在嘴里。这被住在附近的一位少数民族同志看见了。不多会儿，那位少数民族同志提来一壶香喷喷的热奶茶。他对我们说："阿达西，天很冷，喝杯热奶茶暖暖身子吧。"

我连声说："谢谢阿达西，谢谢阿达西。"我们 23 个人啃着窝窝头，喝着热奶茶，望着眼前这位慈善的老人，心情格外激动。

老人看我们用尊敬的眼光望着他后，他自我介绍："我名叫依米江，住在这里看冬窝子，欢迎你们到我家里做客。""一定去，一定去。"我连声说。从此，我们成了好朋友。

时间过去 50 多年了，但每当我回味起奶茶的浓香时，心情仍特别激动。我深深地感受到，生活在新疆多民族的大家庭里，有党的光辉照耀，我们各民族情同手足，我们的生活一定会越来越好。

老连长讲故事

我们过了一个团结年

1966 年春节,石河子红山分场(现一五二团二连和十连)的职工虽然没有吃上丰盛的菜肴,但大家都认为这个春节过得热闹而有意义。

除夕那天,场长王东山考虑本场少数民族同志多,就让司务长到职工司马义家买了两只羊,专门做清炖羊肉,让大家高高兴兴过年。伙房的同志忙碌了大半天,两大锅煮熟的羊肉散发出扑鼻的香味,大家馋得直流口水。

下午 3 时左右,司务长请示场长:"王场长,可以敲钟开饭吗?"还未等王场长发话,只见司马义急匆匆地跑来对场长大声说:"王场长,我弟弟卡木的羊群少了 5 只羊,不知去哪儿了,想请你派人帮忙找找。"

王场长听后,转身对我说:"胡排长,你赶紧找几个人,去帮司马义找羊吧,等你们回来,我们再开饭。"我心想,这冰天雪地到哪儿去找啊?但转念一想,既然这是任务,就必须完成。

于是,我和 4 名精干的小伙子头戴皮帽子,脚穿毡筒,身穿羊皮大衣,顶着刺骨寒风,去雪地里四处寻找。

当太阳快要落山时,我们来到红山嘴大滑坡处,老远就听见有羊叫声。我们赶紧顺着山坡滑下去,发现那里有个洞。我们钻进去一看,惊喜地发现原来 5 只羊在这里。我们赶紧把 5 只羊赶回去交给了司马义,他高兴地说:"汉族同志,亚克西!"之后,司马义高兴地对王场长说:"王场长,今天我送给你们两只羊,表示感谢。"

王场长却说:"羊肉我们要吃,但钱你得如数收下,不然我会违反党的民族政策。"在场的同志听了都连连点头。这时司务长跑来说:"王场长,现在可以敲钟开饭吗?"王场长说:"好,敲钟吧。"王场长又从家里拿来事先准备好的 5 个装满了酒的行军壶,对大家说:"今天我要请大家喝庆功酒。"大家茫然不解。王场长笑呵呵地说:"今天喝的庆功酒有三个内容,一是感谢司马义卖给我们两只羊;二是犒劳5 位年轻人雪地找羊;三是祝愿我们农场的民族团结之花越开越艳。"场长说完,大家拍手称赞。热烈的掌声为新年增添了喜庆。

老连长讲故事

清炖八大块

20 世纪 60 年代,我任独立团一营一连连长。我们连有汉族、维吾尔族、哈萨克族、土家族 4 个民族。尽管民族不同,但大家情同手足,互相帮助,民族团结故事层出不穷,屡见不鲜。

1965 年冬天的一个傍晚,一位名叫乌培的维吾尔族老汉放羊回来后,在赶羊群进圈时,站在羊圈门口清点羊数,他数来数去,就是少了 12 只羊,急得团团转。我知道后,立马派十几名战士打着手电筒帮他去雪地里寻找羊只。战士们一直找到半夜,才在玛纳斯河西岸的一个雪窟窿里找到了他丢失的 12 只羊,并帮他把羊赶回了家。

乌培为感谢我们帮他找回了羊只,从自家的羊圈里赶出一只大羯羊,打算送给我们改善伙食,以表示谢意。我知道后,婉言谢绝了。他看我坚决不收,就把羊赶回家了,背着我们偷偷把这只羯羊给宰了。乌培亲自掌勺,煮了一锅香喷喷的羊肉,邀请我们到他家里做客。我们盛情难却,只好客随主便,在他家里美美饱餐了一顿。

离开乌培家时我对大伙说:"今天的羊肉不能白吃噢!为加强民族团结,答谢乌培老汉的盛情款待,以后我们也得请少数民族同志吃团圆饭。"

那年秋收之后,我看连里的农活少了,就安排司务长宰鸡,把宰好的鸡剁成若干块,按照少数民族的烹饪方法进行烹调。我们还为这道菜取个名字:清炖八大块。鸡做好之后,香味扑鼻。战士们把鸡端到连部礼堂摆在桌子上,然后把全连的同志都请来了。

各民族的男男女女欢聚一堂,有说有唱,好不热闹,大家在欢声笑语中美美地饱餐了一顿。后来人们就把这道菜称为"民族团结菜"。这条不成文的规定,也在我们连延续了好几年,直到 1969 年春天,上级调整人员时,把少数民族同志从我们连调出,把他们调到了下野地农场。尽管时间过去了 40 年,我每每想起这件事的时候,就像是在眼前。

现在的军垦第一连,就用这道菜接待八方来客。游客们都说这道菜味道很好又很有意义。

凌晨疾走为哪般

　　1966年，"三秋"时节的一天，劳累一天的我，吃过晚饭，倒头便睡了。凌晨2点，我被一阵急促的敲门声惊醒。"谁呀？"我睡意中问。"是我，依米江。"我一听是依米江，连忙起身。依米江是我们连少数民族同志，年纪偏大，为人和气，勤劳能干。

　　我打开门问道："依米江，你有啥急事？"依米江愁眉苦脸地说："胡排长，我老婆热依汗生病了，躺在床上直喊疼，我不知该咋办，想请你去看看。"于是，我先绕道叫上连队卫生员刘文通，然后一起来到依米江的家。一进门，就听到热依汗的呻吟声。刘文通检查后说："可能是急性痢疾，一会拉一会吐，引发高烧和头疼。连队医务所条件有限，需要送石河子二医院治疗，越快越好。"

　　抬铺板需要4人。我先找来王学义和张明信，又准备去找人时，刘文通说："不要叫人了，算我一个。"我说："这咋行呢？你是卫生员，出力是我们的事。"刘文通说："'三秋'工作任务这么紧，就让战士们好好休息吧。"

　　于是，我们和依米江趁着夜色出发了。路上，刘文通对我们说："去石河子路太远，要走17公里，不如送工二师医院，那里离我们近，只有6公里，能争取治疗时间。"

　　王学义却说："工二师医院虽近，可我们只能在玛纳斯河河床上行走。河床上没有路，尽是卵石，不好走啊。"我说："办法总会有的，车到山前必有路。戈壁滩，怕什么？我们一定能克服困难，只要工二师医院肯收病号就行。"

　　就这样，不到一个小时，我们就赶到了工二师医院（后迁到石河子，改名为石河子绿洲医院）。因为治疗及时，热依汗很快就康复了。依米江感激地对我们说："你们就是我的亲人。"

　　后来，秋收工作结束，我们排又接受了维修盘山渠的任务。当时天气寒冷，依米江冻得鼻涕直流，我就让他回家休息，他却说："汉族同志能干的，我也能干。"

团长跟我捡石头

　　1965 年春天，兵团独立团（现一五二团）一营广大官兵，在营长孙永功、教导员石万一的带领下，奉命驻扎红山脚下，战士们手握钢枪，肩负双重任务，习武开荒。

　　一营开荒条件很差，这里遍地盐碱，不刮风遍地白，一刮风满天昏，有歌谣为证："远看白茫茫，近看乱石岗，一片盐碱滩，野草都不长。"当地老乡说："这里是乌龟不下蛋，兔子不拉屎的地方。你们兵团人在这开荒生产，能打出粮食来吗？"

　　"能！"战士们响亮回答。

　　于是，战士们挥动手中十字镐和铁锨，挖高包填洼地，一场开荒造田运动在这里打响了。拖拉机将人工平过的地犁起后，再用钉齿耙耙地，地里的石头全被耙出来，就像西瓜地——遍地石头疙瘩，大到"大西瓜"，小到"小甜瓜"。人工要把石头捡出地外，才能种庄稼。

　　1965 年 8 月中旬的一天，我带领指挥排和妇女排共计 60 余人，在 9 号地捡石头。大家干得热火朝天，谁也没注意一位身着旧军装骑着自行车的中年男子。他把自行车往路边一放，袖子一卷，进地弯腰捡石头。正捡着营长孙永功来了。只听孙营长说："团长你也来捡石头呀？"

　　大家听说团长来捡石头，都把目光投向身着旧军装的中年男子，"啊？他是团长！是许光途团长！"大家不约而同地喊出声。

　　"同志们辛苦啦！"团长向干活的人们热情打招呼。

　　"首长辛苦！"大家齐声答。转身又投入到紧张的捡石头工作中。大家捡的捡，抬的抬，马车拉，牛车拽，把石头运到田外。太阳快落山了，大家还是干得热火朝天。许团长拍了拍身上泥土，笑着说："同志们，今天就捡到这儿吧，明天接着捡。"

半个月后,捡过石头的条田,长出绿油油的禾苗,许团长高兴地说:"这都是战士们的辛勤劳动成果!"

　　时隔 58 年了,许团长和我们捡石头的激情劳动场面在我脑海里时常浮现!多好的团长啊!

陶将军的石河子后花园

1956年9月中旬，兵团司令员陶峙岳去华侨农场（现一四三团场）视察工作，路过工四团材料厂（现第八师一四三团场石南农场），见材料厂的工人们忙着制砖烧砖，个个累得满头大汗，陶司令走进工人面前关切地说："小伙子们辛苦喽！"工人们齐声答："不辛苦，谢谢首长！"

陶司令员又来到一个山头，向远方望去，见山坡呈灰白色，又看近处，山绿地绿。就对随行人员说："你们看，这片芦苇长满地，这里有天然小气候，是石河子后花园呀。"

后来，人们在陶将军站过的地方修了一个八角亭，亭子上方镶嵌"陶峙岳将军亭"六个金光闪闪的大字，非常醒目。

1997年11月中旬，石河子刚下一场小雪，我踏着白雪路到当年陶司令员视察的材料厂。这里不再是材料厂了，代替它的是长方形条田。

我找到石南农场王书记，看见王书记正和场里职工挥锹挖管沟。王书记抬头看我来了，忙丢下手中活，热情跟我打招呼并聊了起来。我从王书记口中得知，石南农场计划用三年时间，把这里荒山变成花果山。计划在山坡栽种果树2000亩，目前动员全场职工挖管沟铺设水管，为下阶段栽果树作准备。

看到他们栽果树的决心和干劲，我也拿起工具和他们一起干了起来。

2006年9月初的一天，我再次来到花果山，坐在将军亭下赏景。一位果农提着一篮子蟠桃送到我面前，说是让我品尝品尝他种的蟠桃。我边品尝边观看山下的柏油马路，路上车来人往都是来采购蟠桃的。不由使我想起将军的声音："这里是石河子后花园。"

现在，石河子后花园越建越美。每逢蟠桃成熟季节，石河子的人们都要到这里休闲度假，购买蟠桃。

第三章　那些挥洒青春热血的军垦人

　　不知疲倦的邢彩云、舍身救战友的徐克达、带领姐妹撑起连队半边天的王秀兰……在胡友才的笔下,记录着一位位闪耀在军垦历史上的建设者,他们用生命在践行"献了青春献终身,献了终身献子孙"的誓言。他们是将青春热血倾洒在万古荒原的军垦人,在戈壁荒漠造出了一座绿城,创造了一个新的奇迹。他们构成了石城的红色基因,是石城最靓丽的名片。

郭明德：深入洞穴抓逃犯

20世纪50年代,石河子机耕农场的职工都熟悉一个顺口溜:"郭明德真能干,洞穴里面抓逃犯,个人安危置之度外,抓住飞贼周家赓,大家说他是好汉。"

1953年8月11日早晨,机耕农场保卫科干事郭明德正在食堂附近巡逻时,迎面碰见自己的恋人赵建华。赵建华对郭明德说:"明德,听说食堂昨晚蒸的一笼馍馍和一把菜刀被人偷了,有人看见一个黑影钻进了那个洞穴里。"赵建华边说,边用手指着一片灰灰草丛生的地方。

一向警惕性很高的郭明德听后,心中顿生疑团:难道是他,公安部正在通缉的要犯？我得探个究竟。

郭明德扒开齐腰深的灰灰草,来到洞穴口前(现石河子市20小区西北角客运站附近),往里一看,里面黑乎乎的啥也看不清。郭明德顾不上向领导汇报,只身钻进了洞穴。

洞的坡度约有45度,很难走。郭明德右手握着盒子枪,左手扶着洞壁,躬身前进。大概走了50米,他被一个土坎挡住了去路。郭明德猫腰爬过土坎,又向前走了50米,洞内已伸手不见五指了。

郭明德正准备回去取手电筒时,只听耳边"嗖"的一声,他的军帽被什么东西削掉了。这时,郭明德并没有惊慌,镇定地轻轻挪动脚步,开始静听周围的响动。又过了很长时间,他隐约听到远处有微弱的脚步声。他朝脚步声的方向大喊一声:"出来！"话音刚落,"咚"的一声,一块石头落在地上。为了尽快控制住对方,郭明德朝黑暗中放了一枪以警告对方。然后,郭明德悄悄开始找出口。

眼前漆黑一片。郭明德在黑暗中摸索了8个多小时,又渴又饿的他疲惫不堪。这时,郭明德摸到几个馒头,不管三七二十一,他抓着就吃,边吃边扶着洞壁往前爬。不知爬了多久,眼前突然出现了个拳头大小的亮点,他拼命地往亮光处爬去。越接近亮点,亮点越大,出口终于找到了。

待爬出洞口,天色已晚,加上一天的饥饿和劳累,实在爬不动的郭明德躺在地上对天空放了一枪。枪声惊动了马号班班长张中彦,他闻讯赶来。了解情况后,张中彦立刻跑到保卫科找救援。随后,战士们拿着手电筒飞快赶到洞口处。一个小时后,终于将飞贼周家赓捉拿归案。

周家赓是上海江湖大盗,人称"飞贼"。1950年,他被判有期徒刑20年,关押在石河子劳改大队。1953年初,周家赓越狱逃跑,是公安部通缉的要犯。

华淑媛:兵团第一代女拖拉机手

1951 年春节刚过,新疆军区到湖南衡阳征女兵。刚满 15 岁的华淑媛还在念书,听说要征女兵,她高兴极了,没征求父母意见,就积极报名参军。

她母亲知道后再三阻拦,华淑媛安慰母亲说:"妈,不经磨炼,哪能成长?再说我从小独立能力强,您就圆了女儿当兵这个梦吧。"

1951 年 4 月中旬,华淑媛随部队来到新疆,被分配到中国人民解放军二十二兵团九军第二十五师炮台农场(现一二一团)。指导员王森林看华淑媛人小机灵,还有文化,就安排她学护士专业,但华淑媛想学开拖拉机。王指导员笑着说:"开拖拉机一天要工作十六七个小时,你吃不消的。"华淑媛说:"王指导员,我已是一名战士了,再苦再累,我也要保证完成任务。"从此,华淑媛成了兵团第一代女拖拉机手。

华淑媛刻苦学习,很快掌握了开拖拉机的技能和理论知识。1953年,17 岁的她被提拔为拖拉机班班长。一年后,她又被提拔为机务技术员,成为一名技术干部。

那时,凡是男同志干的活,华淑媛都要抢着干。场领导安排男同志打土块,盖机务房,华淑媛主动请缨,要求参加打土块。

1957 年 4 月,华淑媛的儿子出生了。为了不耽误工作,52 天产假还没休完,她就上班了。一天中午,华淑媛刚下班回到家给儿子喂奶,就接到通知,说一台拖拉机在 9 号地抛锚了,要她赶快去修理。华淑媛二话没说,丢下儿子,就向 8 公里外的 9 号地赶去。华淑媛赶到地里,顾不上休息,就开始检查机车故障。检查中发现,原来是一个活塞被磨坏了,更换一个活塞即可,但要到 8 公里外的场部库房才能领到。就这样,华淑媛来来回回跑了好几次,等把拖拉机修好,已是日落西山了,华淑媛这才拖着疲惫的身体,摸黑快步往家走。她翻过一道沙梁又一道沙梁,突然,从一个沙丘后边蹿出一头狼,两眼发着绿光。华淑媛吓得全身冒冷汗,她不顾疲惫拼命向家的方向奔跑。

当时,华淑媛如何脱离险境的呢?后来人们才知道,这头狼在后面追华淑媛时,不远处有一台拖拉机正加大油门犁地,拖拉机发出的"吼叫"声吓跑了那头狼。也可以说,是拖拉机救了华淑媛。

陈德法:厨艺好又会鼓劲的炊事员

陈德法是甘肃天水人。1950年,他在独立营(现一五二团)当炊事班班长。因工作认真勤恳,想大家所想,急大家所急,战士们都亲切地称他"老班长"。

那时,开荒任务重,战士们起早贪黑干,一日三餐都在地里吃。为改善伙食,老班长整天变着法儿给战士们做饭——蒸金银卷、野菜窝窝头,做白菜粉条豆腐菜。

每次陈德法挑着担子,把饭菜送到田边地头,看到战士们吃饭时狼吞虎咽的模样,心里乐极了,不时地哼上几句地方小调。激动时,他还会拿起饭勺,叮叮当当敲起来,边敲边说:"我是炊事员,工作在伙房,烧水又做饭,整天忙不闲。柴火没着落,我就到处捡,缸里没有水,起早摸黑担。窝窝头、热稀饭,你吃我的饭,保你添干劲,年终一评比,保你当模范。"战士们听了哈哈大笑,忘记了一天的疲劳。

大家纷纷夸赞陈德法,饭菜做得好,地头鼓劲很出色,是咱连队的好班长。

1957年7月的一天,陈德法在送饭回来的路上,发现草丛里有一只半死不活的兔子。他心想,这下好了,战士们半年没吃肉了,今天晚上我要烧上一锅兔肉汤,让大家喝个够。

可谁也没想到,就在陈德法在伙房剥兔子皮时,突然栽倒在地,不省人事。后来被人发现时,他手里还紧紧抓着兔子。大家赶紧把他送到卫生队,但最终抢救无效身亡。医生说,陈德法是突发心梗。当时,全连战士都掉泪了,大家哭喊着:"老班长,你不能走呀,我们需要你!"

张玲：挖树坑栽树创高工效

张玲是河南驻马店人，1958年支边来疆，被分配在石河子红山农场四连（现一五二团一连）当农工。现年逾八旬的张玲走起路来还是健步如飞，谈笑风生，精气神不减当年，给人留下深刻印象。

年轻时的张玲身体健壮，干活有力气，能吃苦、不怕累，样样工作跑前头。一次，夏收工作刚结束，全连同志在晒麦场装麻袋，把新收的夏粮装车入国库。张玲在装车时和男同志比着干，甚至她一人抱起90公斤重的麻袋直接装车，从不服输，大家都亲切地叫她"铁姑娘"。

1961年春天，连长冯全保带领大家栽树，要在9号地和10号地西边栽一条防风林。这条防风林长950米，宽30米，林床在戈壁滩上。挖树坑工作量相当大，要把每一个树坑里的卵石全都挖出来再回填土，才能栽树。一般人一天只能挖十五六个树坑，而张玲每天都挖20个以上，全连3400棵树苗我们只用一个星期就全部栽完了。

50多年过去了，当年栽树的情景，时常在我脑海里浮现。

许光途：排队打饭没官样

许团长名叫许光途，是独立团（现一五二团）第一任团长。他带领全团广大战士在将军山下开荒造田发展生产。

1965 年 12 月中旬的一天，天空飘着雪花，独立团广大战士在许光途的带领下，冒着零下 40 摄氏度的严寒，继续开荒造田。因为天气很冷，战士们身上冒出的汗气，在眉毛上凝固成了一层白霜。大家全然不顾，干劲十足，开荒不止。

到了中午时分，许团长说："今天天气很冷，我通知司务长，不要送饭，大家回去吃口热饭。"

许团长来到五连食堂，见战士们陆续来到食堂排队打饭，他也跟着排队。他见后来的战士排在他身后，许团长就让后来的战士站在他前面。就这样，来一个他让一个，结果团长是最后一个打饭的。

临到许团长打饭时，食堂饭菜卖完了。新来的炊事员张大金不耐烦地说："你这个老头子，我早看你在排队打饭，你老是让让让，这下让好了吧，菜都卖完了，光剩两块发糕了，你吃不？"

许团长说："发糕好啊，要是全国人民都能吃上发糕该多好啊。"说完，他拿着发糕蹲在墙边津津有味地吃了起来。

这时五连指导员卜云龙走过来，看见许团长蹲在地上吃发糕，忙上前说："团长，您咋一个人蹲在这儿吃饭？走，到我家去。"

张大金听指导员叫他"团长"，心中一愣，用怀疑的口气问指导员："他是团长？身着旧军衣，没有官样，可一点都不像团长。"许团长笑呵呵地说："没有官样就对了，官兵要一致嘛。"

潘阿松:吃苦耐劳打土块

潘阿松,籍贯温州,1966年支边来疆,被分配在独立团(现一五二团)一营一连当农工。潘阿松勤奋好学能吃苦,很快成为连队生产骨干。说起潘阿松,有很多感人的故事。

1966年3月上旬的一天,我带领全排的同志在2号地捡石头平整土地,等待播种。这时,连长文嘉生带着一个青年来到我面前,对我说:"胡排长,他是刚分到我连的温州支边青年,名叫潘阿松,我把他分到你们排。"我握着他的手说:"欢迎你,潘阿松同志,以后我们就是并肩作战的战友了。"连长临走时又交代我说:"潘阿松年纪小,又是刚走出校门,以后干活时,你们要多帮助他,好好照顾他,让他慢慢适应连队生活。"我说:"请连长放心,我会像照顾小弟弟一样帮助他的。"

到了4月下旬,玉米甜菜刚播种完,距离出苗后的田间管理还有半个月的时间,我们称为"农闲阶段"。这时,连长号召全连男同志在这十多天里,每人义务打土块5000块。我对潘阿松说:"你不要怕,不会打跟我学,我教你。你能打多少算多少,完不成的部分,我们全排同志帮你完成。"

勤奋肯干的潘阿松对困难一点不害怕,他不声不响地起五更睡半夜,加班加点打土块,硬是自己完成了5000块打土块任务。任务完成了,但潘阿松半个月身上瘦掉10斤肉。我问他:"累不累?"他笑着说:"我是累瘦了点,可我学会了打土块的技术。"

潘阿松吃苦耐劳的工作态度,不光表现在打土块上,无论干什么工作,他都表现很坚强,还善于动脑筋巧干。比如,领导叫他站耱子耙地,他发现地里石头多,便向领导建议,站耱子的人,边站耱子边捡石头,既提高了工效又节省了劳力。他的这个建议受到同志们的好评。

在一次挖大渠时,他的双手打出了血泡,磨出了血,但他不跟领导说,坚持挖渠。我发现后,关心地对他说:"潘阿松同志,你不要挖了去休息吧。"他说:"胡排长,我不累。"一边说一边继续挖渠。

1972年,独立团(一五二团)组建第三中学,潘阿松被选到学校当老师。50年过去了,他桃李遍天下,很受学生的爱戴和尊敬。

张玉芬:敢挑养雏鸡重任

张玉芬,籍贯河南,1956年支边来疆后,被分配在石河子红山农场四连(现一五二团一连)当农工。在历次开荒生产运动中,张玉芬敢吃苦,不怕累,又能干,年年被评为先进生产者、"三八红旗手"。

20世纪60年代,我在四连当连长期间,连队农林牧副业都有不同程度的提升和发展。为扩大养殖业,我决定把养鸡场扩大成千只蛋鸡场。于是,我和孵化场签订了1500只雏鸡购鸡合同。张玉芬主动要求喂养雏鸡,很多人都为她捏一把汗。有人告诉她,养雏鸡室内温度必须要达到38摄氏度左右,你天天在这高温环境里工作,能吃得消吗?张玉芬说:"我不怕,我能吃得消。"

两个多月里,张玉芬吃住在鸡房,24小时不间断监护和饲养雏鸡,使雏鸡的成活率达到98%以上,保证了养鸡场存有1000多只产蛋鸡。

这一年,张玉芬又被连队评为"三八红旗手"和养鸡能手。

胡继光：创建细流沟灌浇水技术

胡继光是一名复员军人，1965 年 3 月被分配到独立团（现一五二团）一营一连务农。由于工作积极肯干，敢于担当，不久，他被任命为连队浇水班班长。在工作中，胡继光克服地形复杂、坡降大的重重困难，创建了细流沟灌浇水技术，受到团党委的表扬。

20 世纪 60 年代初，一营一连干部职工在红山嘴开荒造田近万亩。但由于田地就在山脚下，地势的坡降幅度较大，加上又是新开垦的生地，每次浇水时，田地就被水冲成了一条条深沟，不但浪费水，禾苗的根也被冲出地面。就这样，连队第一年的生产几乎没有收成。

面对农作物浇水难的问题，营长孙永功请其他团场有浇水经验的人来指导，他们说："浇了一辈子水，还没见过这么复杂的地形。"在这种情况下，胡继光组织全班人员开会，就如何解决浇水不拉沟、不冲地、不毁苗问题反复进行思考和讨论。大家一致认为，造成田地冲沟现象，原因在于沟里流水太大所致。如果浇水时用细流沟灌的办法，问题也许就可以迎刃而解了。

症结找出后，胡继光带领全班人员，在毛渠上反复试验，最后总结出这样一条经验：在每块条田里，根据等高线地形，开挖一道道适合浇水用的毛渠，每条毛渠间隔不大于 50 米。毛渠挖好后，在每道毛渠上，又分为若干水平面，然后将麦草放入毛渠内用水泡，待麦草泡软后，将麦草和成草泥，抹到毛渠出水面的高度上，毛渠里的水，就会顺着毛渠细沟缓缓流入田间。

胡继光说："这叫细流沟灌，要求是沟里有水不见淌，垄上无水难走人。"使用这种方法后，水方量由原来每亩灌溉量的 90 立方米降到了 45 立方米，不仅节约了用水，还保证了作物生长期的用水。这种浇水方法很适合坡降幅度较大的农田。后来，一营各连都采用细流沟灌方法,既节约了用水,又保证不拉沟、不冲地、不毁苗,作物连年丰收,受到职工群众的夸赞。

如今,82 岁的胡继光每次说起创建细流沟灌浇水的故事时,脸上满是自豪。

邵连娣:10 发子弹打中 96 环

邵连娣,上海人,1965 年初随丈夫支边到新疆,被分配到兵团独立团(现一五二团)一营一连工作。如今,78 岁的邵连娣在石河子安度晚年。

1965 年春节刚过,邵连娣随新婚丈夫杜希列从上海来到新疆工作。临行前,母亲握着邵连娣的手说:"阿娣呀,你从来没离开过上海,今天你要去新疆支边,妈妈担心你出远门想家,担心你到新疆生活不习惯。如果生活不下去了,你就回来,妈妈给你找工作……"邵连娣还没等母亲说完,便充满自信地说:"妈,请您别担心,我会管好自己的。"

在来新疆的火车上,邵连娣问带队负责人:"石河子炮兵团有枪吗?""当然有了。"负责人笑着回答。

听说有枪,邵连娣高兴极了,心想:"我就要成为一名军垦战士了。"

1965 年 4 月,一辆辆坐满"新兵"的汽车,来到兵团独立团一营一连。

一连连长文嘉生看到新同志来了,一边上前帮大家搬行李,一边对我说:"胡排长,你赶紧带几个战士,把那几间窑洞收拾干净,再把洗脸盆打满水,让新来的同志洗洗脸,休息一会儿,你就带他们到食堂吃饭。"于是,我按文嘉生的吩咐全部安排妥当了。

晚饭后,为迎接新职工的到来,连队还举办了联欢晚会。当时,会场布置很简单,只有一条横幅上写着"热烈欢迎新同志"的字样,一个个精彩的文艺节目把欢迎晚会推向了高潮。

以后的日子里,邵连娣渐渐适应了环境,她不仅学会了锄草定苗,浇水施肥,而且各项工作都走在前面。由于邵连娣工作突出,年终被评为"三八红旗手"。

1966 年冬,连队开始大练兵,邵连娣积极参加。无论训练打炮还是轻武器射击,她都认真学习。为提高射击水平,她长时间卧在雪窝里练习射击。在一次打靶比赛中,邵连娣10发子弹打中了96环。

文嘉生在军训总结大会上高兴地说:"这次军训,一连的女同志都是好样的,成了名副其实的半边天。"

妇女排：拉沙改土主力军

20世纪60年代初，兵团独立团（现一五二团）一连流传着一段顺口溜："妇女排真能干，新开荒地三百三，新垦地盐碱重，种的庄稼没收成。排长韩德英提建议，拉沙改土大会战。功夫不负有心人，300亩盐碱地获丰产。"

1965年初春，独立团一连有耕地面积4000余亩。为扩大生产，一连3个妇女排新开垦荒地300亩。但由于土地盐碱重，土层易板结，庄稼难以生长。分析原因，只能拉沙改土，增加土壤的透气性，才能种出好庄稼。消息一传出，全连战士积极行动。

那时，运输工具除了两辆马车和一辆牛车外，就是人拉爬犁。由240多名职工组成的拉沙队伍排成长龙，在寒风呼啸中穿梭前行。妇女三排排长韩德英每天要比别人多拉沙10多趟。肩膀磨出血印，脚上打出血泡，但她全然不顾。

全排同志在韩德英的带领下，个个鼓足干劲，甚至把吃饭的时间都用在拉沙子上。女职工孙士芳生怕自己落后，为节省时间，边吃发糕边拉爬犁运沙子，渴了就抓把雪往嘴里塞。共产党员郭金英身为班长总是跑在最前面。

经过一个冬天的苦干，全连职工终于完成拉沙改土任务。女职工在这次拉沙改土中起到了主力军的作用，妇女一排被评为拉沙改土先进排，韩德英、郭金英、孙士芳被评为"三八红旗手"。

崔广文:把职工群众的事放心上

提起崔广文,和他接触过或打过交道的人都会竖起大拇指说:"好人,好人啊!"为什么大家会这么称赞他呢?我们先来听听他的故事。

崔广文是河南人,1956年支边来疆,历任队长、指导员、连长、教导员、团政委。虽然他的职务不断变动,但他高风亮节的作风始终没变。他帮助别人不求回报,见义勇为不留姓名,两袖清风不求索取,甚至临终前仍念念不忘群众的所念所想。

1960年秋,秋收工作开始了,时任连长的崔广文半夜去查岗,路过场院时,只见一个人正半蹲着准备背起沉甸甸的麻袋,但半天没背起来。崔广文便走到这个人身后,抓住麻袋角帮他,结果这人转身一看是连长,吓得丢下麻袋就往家里跑,心想:"这下惹大祸了,等着受处分吧。"

后来,崔广文经过了解得知,此人姓何,家里有7口人,生活困难。眼下正是秋收时节,他想趁夜间到收过玉米的地里捡拾一些遗漏的玉米棒。没想到他走到场院边时,累得实在走不动了,便停下来休息休息。当他起身想走时,因又累又饿,全身没劲,才出现了遇到崔广文的那一幕。

崔广文了解到,老何是到地里捡拾玉米棒,不是偷,而且老何工作一向积极能干,生活上有困难,也从不麻烦领导。崔广文便将玉米棒还给了老何,并对老何说:"老何呀,我知道你家人口多,以后有困难,就给我说,我们一定会解决的。"老何听到崔广文这番贴心的话后,工作更加积极,后来多次被团场评为"五好"职工。

"文革"期间,崔广文被降为炊事班长。记得有一年,连队为庆祝秋收宰了一头猪。全连人都吃上了大肉,但唯独炊事班的一位职工回家探亲没赶上。崔广文便留下一个猪耳朵,等这位职工探亲回来吃。半个月过去了,有个炊事员建议把猪耳朵吃掉。崔广文说:"我们是大集体,应该有福同享。这个同志没回来,谁也别想动这个猪耳朵。"直到最后,这位职工回来了,全班才围坐在一起,有滋有味地品尝着猪耳朵。

一个严寒的冬天,兄弟连队的一辆拖拉机抛锚了,3名拖拉机驾驶员又冻又饿。实在没办法时,他们来到附近连队伙房门前,向崔广文说明了情况。崔广文二话没说,给他们做了3碗面条。几天过后,兄弟连队送来感谢信和锦旗以示感谢。直到这时,大家才知道这件事。

"文革"结束后,崔广文任一五二团政委。有一天,他下连队检查工作,在兵团六建门口,见一群人正斗殴,围观的人很多,却没人敢制止。崔广文不顾个人安危上前调解,结果被打得鼻青脸肿。事后我问崔广文:"当时你没考虑自己的安危吗?"他回答道:"如果我们光想着自己,还要我们这些干部做什么啊。"

这就是大家眼中的崔广文,他就是这样一位时时刻刻把职工群众的事放在心上的好干部。

徐克达：悬崖边舍身救战友

徐克达是安徽人，1959 年参军，1962 年加入中国共产党，1965 年随部队集体转业来到兵团，在炮兵团（现一五二团）一营一连当班长。

徐克达为人正直、善良，做好事从不留名。1965 年 5 月的一天，我们从盘山渠工地收工，在回家的路上，遇见一名中年妇女，年龄 50 岁出头，背着一个沉甸甸的包裹，还领着一个七八岁的男孩，很吃力地前行着。徐克达主动上前询问，得知他们准备回星火公社二工大队七队。

徐克达对中年妇女说："天色已晚，又是山路，为了安全，我送你们回家吧。"就这样，徐克达不顾一天的疲劳，走了五六公里路，把他们安全送回家。当妇女家人问徐克达叫什么名字时，徐克达说："我是炮兵团的战士。"徐克达作为班长，关心班里的每位战士。

1966 年 8 月 17 日，全营官兵会战盘山渠。中午时分，天空突然乌云密布，电闪雷鸣，大风夹裹雨点向大家袭来。因为是在半山腰施工，无处藏身，大家便抱成一团避雨，但唯有 19 岁的安素芳独自躲在山沟里避雨。她哪里知道，山沟避雨会有被洪水卷走的危险。

没一会儿，山洪就像脱缰的野马，顺着山沟奔腾而下。"不好，有人被洪水卷走了！"徐克达一边大声喊叫，一边三步并两步，伸手想抓住安素芳，终因山陡路滑，没站稳，他一头掉进了急流中。

当大伙跑到跟前想施救时，已经来不及了，因为徐克达落水不到 20 米的地方就是悬崖，只有几十秒的工夫，两人便不见了。

第二天，人们在下游找到了徐克达和安素芳的遗体。噩耗传来，大家悲痛万分。徐克达怀孕 6 个月的妻子唐秀英悲痛欲绝："克达呀，你把我从安徽带到这里，说好咱俩一起开荒造田的，再说我有孕在身,孩子将来出世也需要爸爸呀!"这一年,徐克达年仅 25 岁。后来,唐秀英生了个男孩,取名徐大利。

如今,50 多年过去了,唐秀英在团部安度晚年,徐大利在一五二团学校工作。

文嘉生：连队职工的贴心人

文嘉生，湖南人，中尉军衔。1964年，他转业来到兵团独立团（现一五二团）一营一连担任连长。作为连长，文嘉生待人和善，关心职工的生活，时刻把大家的利益放在心上。

1965年4月，我作为连队的一名排长，到团部参加为期一周的业务培训，培训期间一律不能回家。当时，我的妻子快生产了。一周后，等我迫不及待地赶回家，看见爱人正躺在床上给孩子喂奶，连队职工路玉英在一旁忙活着。我又惊又喜，忙对爱人说："实在对不起，我回来晚了，没能陪你去医院，你现在都还好吧？"爱人笑着说："你一定要感谢文连长，他知道你在培训，所以没有通知你。为了让我坐好月子，他专门安排路大姐来照顾我，你就放心吧。"听到爱人的这番话，我感动的眼泪差点掉下来，文嘉生对我们真是关爱有加。第二天，我找到文嘉生当面表示感谢。文嘉生却说："这是我应该做的，只要你老婆和孩子没事就行。"

当年7月，连队职工都在忙着给棉花打尖、打农药，劳力非常紧张。这时，文嘉生发现老职工王长根劳动时总唉声叹气，好像有心事。为此，文嘉生便与王长根谈心，原来他家有4个儿子，口粮不够吃，孩子饿得没力气。第二天，文嘉生把自己省下的16张发糕票送给王长根并对他说："虽然发糕票不算多，但可解燃眉之急，收下吧。"

后来，在全连大会上，文嘉生号召大家节约口粮，帮助家庭人口多的职工。在文嘉生的号召下，很多职工把省下来的馍馍，给了有困难的职工。

记得连队有一个年轻战士，名叫徐志龙。1967年6月的一天，徐志龙在涝坝边洗衣服。为了图方便，他把洗衣水倒回到涝坝里，这一举动被文嘉生看到，当场严厉批评了徐志龙："涝坝水是公共饮用水，你怎么能把脏水倒进涝坝里？这水还能喝吗？"当时，徐志龙心里认为这是文嘉生在找他的茬。

8月的一天，徐志龙在8号地浇玉米时，玉米地被水冲得一塌糊涂。正当他不知所措时，文嘉生赶来了。徐志龙心想："坏了，坏了，这下老账新账要一起算了。"没想到，文嘉生直接跳进水里堵坝排水，还教徐志龙怎样浇水。

回到宿舍，徐志龙回想起文嘉生时常关心连队职工的生活，还不计前嫌帮自己时，心里感到非常愧疚。第二天，他找到文嘉生红着脸说："连长，我知错了。"文嘉生拍着他的肩膀说："知错就好，以后不要背思想包袱，好好努力工作。"

张守凤：替夫报名去援巴

张守凤是独立团（现一五二团）二连职工。她和丈夫石贡芝都是党员。

1970年，上级动员一批劳务工去巴基斯坦修路。因是出国，路途遥远，时间又长，没人敢报名。张守凤看到这情况后，对丈夫说："老石呀，你我都是共产党员，国家需要我们，我们就应该报名。"

丈夫说："不是我不报名，只因孩子小，大的才5岁，小的2岁，我这一走，不知猴年马月才能回来，我走了，你咋办。"

张守凤说："没关系，我能行，你放心去吧。"她来到连部，替丈夫报了名。丈夫一走，家务活的负担全落在她一个人身上。

我得知张守凤家务负担重，便安排排长邱照英适当照顾她。她得知后，找到我说："连长，我能行，不需要照顾。"

她果然行，每天按时为孩子做饭，改善伙食，孩子不但吃得好，还每天穿得干干净净，按时去学校上课。她本人每天也都按时上班，从没迟到过一分钟。遇到脏活、重活、远活、累活她都抢着干，群众夸她是好党员。

那年，我提出建果园，开始遭到一些人反对，理由是他们过去栽果树，是春天栽树，秋天捡柴火。我调查原因得知，二连土地土层薄，二三十公分以下就是戈壁。

为了能种出果树，我请来果园专家。在专家的指点下，60亩果园建成了。管理是大事，管理不好，就会春天栽树，秋天拾柴火。

由谁来管理呢？我对大家说："我要成立7人管理的果园班，大家说，谁来当果园班班长？"

"张守凤，张守凤。"大家齐声说。

张守凤不负众望，在她的精心管理下，及时为果树浇水、施肥、锄草,果树枝繁叶茂,茁壮成长。

第三年春天,在专家指导下,修枝剪条,秋天结果了,二连的同志第一次吃到自己种的苹果。6年后,她的丈夫回来了,边吃妻子种的苹果边笑,笑得两只小眼眯成一条缝。

李从贵：勇跳深渠救女婴

1965年11月5日，我的女儿出生了，29岁的我当爸爸了，心中有说不出的激动。我给女儿取名建华，寓意献身兵团屯垦事业，建设美丽家乡。

1966年3月初，天气转暖，冰雪开始融化，刚满4个月的女儿连续3天发高烧39度。连队医生刘文通见打针服药没效果，让我赶紧将女儿送到团卫生队住院治疗。

那时，独立团一营一连（现一五二团二连）只有一辆马车和一辆牛车。当时正在春耕备耕，需要马车和牛车往地里拉运肥料，这可怎么办？我急中生智，到供销社找来一个纸箱子，把女儿裹在小被褥里，放进纸箱，用一根扁担，一头挑着纸箱，一头挑着住院所需的物品一路小跑，来到17公里外的团卫生队。经过7天的住院治疗，女儿病愈可以出院回家了。

出院那天，我用扁担挑着女儿，和爱人一起高高兴兴往家走。走到离石河子城南水泥大渠还有300米时，只见路面被融化的雪水淹没了，分不清哪个是渠道哪个是路基。在这种情况下，我挑着扁担和爱人在水中小心前行。

走到一半时，我突然脚底一滑，一下栽倒在渠道里。渠道里的水很深，淹过我的胸部，装女儿的纸箱子也随水漂走了。我爱人赶忙过来拉我，结果她也掉进渠道里。眼看着纸箱子离我们越来越远，我的心快要崩溃了！

我拼命呼喊："快来人呀，快救我的女儿。"正在绝望之时，连队战士李从贵出现在我们面前，他急忙抓住我爱人，把她从渠道里拽上岸。李从贵又来拽我时，我边摆手边大喊："先别管我，赶快把纸箱捞出来，里面有我的孩子。"

李从贵顺着我指的方向一看,大声说:"不好!"拔腿去追赶顺流而下的纸箱子。在离水泥大渠不足 10 米的地方,他终于将纸箱抱住。如果再晚一步,纸箱落入水泥大渠,后果不堪设想。在李从贵的帮助下,我的女儿得救了。原来,李从贵是去石河子办事,刚出城,老远就听到有人喊"救命",便迅速跑过来。

　　如今,50 多年过去了,李从贵救我女儿的往事,让我终生难忘。

王兆友：20 年做账分文不差

20 世纪 60 年代，独立团（现一五二团）一连流传着一个顺口溜："王兆友人正直，连长让他干司务。司务长做账忙，斗字不识该咋办？布袋装票据，请教会计学做账。心里永装公家事，职工群众都夸他。"这是咋回事？还要从王兆友当司务长说起。

王兆友是安徽阜南人，1936 年出生。1958 年秋，他报名参军。6 年的军营生活，他学会了写自己的名字。

1965 年 3 月，王兆友转业后，被分配到独立团一连工作。连长文嘉生见他为人正直，工作吃苦耐劳，便让他当司务长。

王兆友走马上任后才知道，当司务长不仅要会干活，还要会做账，但他只会写自己的名字，哪里会做账呀？他对文嘉生说："文连长，你还是让我到大田里干活吧，我什么活都会干，就是当不了司务长。"

文嘉生笑呵呵地说："只要你心里装着'公心'，什么困难都可以克服。"王兆友回家后，反复思考连长说的"公"字。忽然，他心里亮堂起来，心想："干工作一定要克己奉公，只要我虚心好学，就没有学不会的事情。"王兆友兴致勃勃地对爱人张具芳说："你给我缝个布袋。我把每天卖的饭菜钱记上日期，分门别类包好，都放在布袋里。等到月底，我去团部财务股，找人替我做账。"

此后，王兆友把每月 25 日定为做账日。不论是刮风下雨，还是严寒酷暑，每月 25 日，他都提着布袋，带两块玉米面发糕，步行 15 公里前往团部财务股，找会计师于少荣帮他做账。他把布袋里的钱、收条、借据全部拿出来，于少荣手把手地教他做账。功夫不负有心人，两年后，王兆友不但学会了做账，还学会了打算盘，一干就是 20 年。这 20 年里，连队后勤的账目清晰，分文不差。直到改革开放后，连队取消食堂，他才卸任。

唐秀英：一生看守盘山渠

唐秀英，安徽临泉人，农村小学教师。1964年，她的丈夫徐克达从部队转业，报名来新疆工作时受到父母阻拦。他的母亲说："克达呀，安徽离新疆遥远，你一人去新疆工作，啥时能回来呀？不如在家找份工作，又在父母身边，该多好啊。"街坊四邻也对唐秀英说："秀英啊，你就听你婆妈的话，劝劝你丈夫留下吧。"

唐秀英面带笑容地说："去新疆工作，是响应党的号召，支援边疆建设，这是好事呀，我不但要支持克达，我还要辞去工作，和克达一起去新疆。妈，您放心，我们会常回家看您的。"在秀英的耐心说服下，徐克达的母亲终于同意了。

来到新疆后，唐秀英被分配在独立团（现一五二团）二连当农工。刚来这里，环境很差，没有住房，就挖地窝子当住房，饮用涝坝水，吃窝窝头，还有玉米面发糕，每天起早贪黑开荒生产，劳动强度非常大。唐秀英的双手磨出了血泡，脸被风吹得黑红，但她从不叫苦叫累。丈夫看在眼里，疼在心里。他握着妻子有血泡的手，心疼地说："秀英啊，看你累的，明天我给领导说一说，给你请个假，休息两天吧。"唐秀英笑着说："看你说的，我又不是泥巴捏的人。没关系，这点苦算啥？咱们都是农村长大的，谁家的孩子不干活？俺不怕吃苦，现在吃点苦，将来我们的日子一定会更好。"丈夫犟不过她，第二天，夫妻俩又扛着坎土曼，开始了新的战斗。

唐秀英不但能吃苦，完成任务突出，还善于帮助别人，常受到领导的表扬和群众的好评。

1965年春天，营长孙永功对唐秀英夫妻俩说："我要给你们安排一项新任务，看守盘山渠。"孙永功补充说："看守盘山渠任务很艰巨。一是离连队远，吃住不方便；二是白天黑夜要巡渠。巡渠时，如果发现渠帮渗水要及时处理,不然就会酿成大祸。渠道坏了,禾苗就要受旱。你们有信心完成任务吗?""有,保证完成任务。"唐秀英表态说。

渠道全长 28.6 公里,巡趟渠每天要往返五六十公里。为了巡渠方便,唐秀英和丈夫商量,决定搬到渠边住下。于是,他们就在玛河边挖了一个地窝子,白天巡渠,晚上就住在地窝子里。遇到下雨天,唐秀英还要半夜提着马灯去巡渠。唐秀英和丈夫忠于职守,工作中没有发生过任何责任事故,多次受到团首长表扬。

天有不测风云。1967 年 7 月中旬的一天,唐秀英怀孕 6 个月时,一场山洪暴发。在抗击山洪中,徐克达为抢救战友壮烈牺牲,这给了唐秀英沉重的打击。3 个月后,唐秀英生了个男婴,取名叫徐大利,意为大吉大利。

唐秀英用坚强的意志,边工作边抚养孩子,直至儿子长大成人,参加了工作。她的儿子继承了父亲的遗志,工作很敬业,年年被一五二团评为先进工作者。

现在,年逾八旬的唐秀英看到儿子长大有出息了,十分欣慰。

王东山：喜欢到职工家看看

王东山，祖籍山东，大尉军衔。1959年，王东山转业，被分配到石河子红山分场（现一五二团二连和十连）当场长。当时，我在红山分场十连当排长。

王东山非常关心职工的生活，只要一有时间，他就到职工群众家走走看看。

1965年11月初的一天，王东山来到我家。刚一进门，王东山先打量我家的火墙，然后摸了摸火墙说："胡排长，你家的火墙咋不热呀？""火墙不都是这个温度吗？"我应声答道。他又拿起火钩，打开炉盖："咦，火苗一点都不旺，怪不得火墙不热呢，明天我让连队泥瓦工申军重新给你砌一个火墙，保证火墙热得很。"没一会儿，王东山说："走，胡排长，跟我一块去别家看看。"

就这样，我跟着王东山来到职工王长根家，只见王长根坐在床沿边，正和孩子们玩。他有4个孩子，最大的12岁，最小的3岁，王长根的爱人陈秀英正在洗土豆。见我们进来，陈秀英忙起身给我们递凳子坐，王长根给我们递莫合烟。

"老王，我和王场长到你家看看，一是检查安全隐患，二是了解你们在生活上还有困难吗？"我说道。

"没有困难，都挺好的，谢谢场长关心。"王长根连声回答。

此时的王东山没坐下，也没接王长根递过来的烟，只见他走到火墙边，摸了摸火墙说："长根啊，晚上睡觉前，一定要把炉盖盖好，防止煤烟中毒。"

王东山又走到做饭的案板边，掀开瓦盆上的盖子，看见两天前场里给每户职工分的2公斤大肉已用盐腌好了。他说："这2公斤大肉，还腌它干嘛，不如给孩子炒新鲜肉吃。"

"把肉腌起来存放时间长,每次炒菜我都切上一小块,这样,孩子们顿顿都会有肉吃。"陈秀英笑着说。

我们挨家检查完后,王东山对我说:"虽然各家的火墙都没大问题,但我们也不能大意,要经常给大家提醒,注意安全。"他沉思片刻又说:"王长根家的孩子多,我家人口少,你把我家分的肉给王长根送去,就说是场里没分完的肉。"

"王场长,你把肉送给王长根,你家吃什么?"

"现在是关键时期,先照顾有困难的职工。"王东山说。

刘华珍：拉运麦草赶工期

1943年，刘华珍生于四川万县，22岁时随丈夫转业来到石河子独立团一营三连（现一五二团十连）工作。由于她工作积极，连领导让她担任妇女二班班长。

1966年，麦收工作开始后，团场提出"六快"方针，即快收、快运、快扬、快入仓、快腾地、快伏耕，各连必须遵照执行。

这"六快"中，腾地是关键。为改变以往拉运麦草慢的问题，连长召开连务会，班以上干部都参加，大家献计献策。

刘华珍建议用长绳子捆麦草，这样既节省时间又节省人力。最后，连长采纳了她的意见，并由她们班完成拉运麦草的任务。

刘华珍用40米长的双股大粗绳子，把麦草捆成垛，然后绳子两头各套一匹马拉着，而且还需要几个人站在绳子中间踩住绳子，不然绳子会从麦草垛上滑掉。这种捆麦草的方法确实管用。在刘华珍的带领下，仅用了10天，三连2700亩麦地被清理干净了。因为达到了"六快"要求，当年全团的麦收工作现场会是在我们连召开的。

1968年7月22日，刘华珍和大家在5号地拉运麦草时，突然一只狐狸从麦草垛里蹿出，绳子一头的马匹受到惊吓，拖着麦草垛疯狂奔跑，站在麦草垛上踩绳子的6名女同志，随时都有生命危险。这时，只听刘华珍大喊："姐妹们，快跳！快跳下去！"听到刘华珍的喊叫，5个姐妹都从麦草垛上跳了下来。就在刘华珍刚要跳的一瞬间，因绳子压力减轻，绳子上滑，不幸套住了刘华珍的脚踝，解脱不掉。就这样，她被惊马拖到了3公里之外，刘华珍的生命永远定格在了25岁。

刘华珍牺牲后，她的生前好友、老乡在刘华珍遇难的地方栽种树木，寄托着对刘华珍的深深哀思。

张存兰：胶筒提水浇麦苗

1966 年，独立团（现一五二团）毛泽东思想文艺宣传队到一营一连慰问演出，其中有一首歌的歌词是这样的："一连战士骨头硬，吃苦耐劳干革命；红山脚下垦荒地，人拉牛犁不停顿；要数风流人物，看我一连女兵；胶筒提水浇麦地，水到苗旺保丰收。"这首歌唱出了一连女兵的干劲，也唱出她们的心声。

时隔 50 多年，一连女兵的风采，仍让我记忆犹新。那是 1965 年，一营官兵奉命驻扎红山嘴，开荒造田 3000 亩。第一年播种冬小麦，因条田坡度大，盐碱重，土层薄，浇水困难重重。漫灌时，由于水量大，不是将麦地冲成大沟，就是将麦苗冲得无影无踪，给连队生产带来了严重损失。

为保全苗，必须改进浇水方法。当时，全连干部战士纷纷提议，将粗放灌溉改为细流灌溉。就是把毛渠修成梯田式，一层层浇地，水量减小了，就不会再发生冲沟拉苗的现象了，但不足是浇水进度缓慢了。这不，已经临近 11 月了，还有 400 多亩小麦没有完成冬灌。为赶进度，青年班班长张存兰主动请缨，要求参与小麦冬灌工作。

11 月 5 日，副团长孙永功来一连 8 号地检查冬灌情况。他老远看见地里有一群人来来往往，好像在运什么东西，走到跟前才看清，原来是女兵正用胶筒提水，给麦地高包处浇水呢，她们的腿脚被冻得通红。孙永功问："谁叫你们用胶筒提水浇地啊？这样可对身体不好啊！"

张存兰对孙副团长说："孙团长，没人叫我们这样做，是我自己想的。我看麦地里好多高包浇不上水，情急之下，就用胶筒装水来浇灌了，后来大家也跟着我学了。您看，不到半天工夫，麦地里 60 多个高包全被我们'消灭'了。"

孙永功望着湿润的麦地，感慨地说："你们真不简单，个个都是

'英雄好汉'。你们不是顶半边天,而是顶大半边天。"就这样,在全连干部战士的努力下,我们连的 3000 亩小麦冬灌工作于 11 月 10 日结束,为来年小麦丰收奠定了基础。

后来,用胶筒提水浇高包的故事在全团传开。在一五二团年终总结时,张存兰被评为"三八红旗手",她带领的班也被授予"三八红旗班"。正是有了胶筒提水浇麦苗的故事,才有了文章开头文艺演出队唱的那段歌词。

"大个"张秀英:碱地种稻获丰收

"人勤地不懒,碱地也丰收。"这是"大个"张秀英常爱说的一句话。

现年 75 岁的"大个"张秀英,回忆往事依然干劲十足。她常对后辈说:"工作不怕苦,困难躲着走;思想一麻痹,困难找上门;人勤地不懒,碱地也丰收。"

张秀英是兵团独立团一营一连(现一五二团二连)女职工。二连有两个张秀英,一个高一个矮。连长文嘉生说:"高个子叫'大个'张秀英,矮个子就叫'小个'张秀英。"于是,"大个""小个"张秀英就这样在连队叫开了。

"大个"张秀英责任心强,干起活来肯吃苦,文嘉生便让她到妇女一排二班当副班长。

1966 年,一连新开垦的 12 号地是块重盐碱地,盐碱化严重,种的玉米、小麦在苗期就会被碱死。虽然种水稻能压碱,但给水稻浇水困难特别多。在这种情况下,"大个"张秀英自告奋勇到 12 号地浇水。"大个"张秀英带领全班 7 姐妹,白天黑夜在地埂田间劳作。由于大家勤浇细灌,水稻苗齐、苗全、苗壮,大家都很高兴。但天有不测风云。7月,一场突如其来的山洪冲垮了盘山渠,稻田也无法浇水了。10 天后,稻田地里的盐碱又泛了出来,就像刚下过霜一样。稻田地干裂得"张开了大嘴",稻田埂也裂口了,如不及时修埂,下次浇水时,就会把地冲得一塌糊涂。

于是,"大个"张秀英带着大家奋战在稻田间,用铁锹填平埂上的裂口,加固田埂,充分做好后期浇水准备工作。

功夫不负有心人。经过"大个"张秀英和姐妹们的努力,这块全连盐碱最重的稻田,年底喜获丰收,"大个"张秀英因此受到团营领导的表扬。

王秀兰：带领姐妹撑起连队半边天

20世纪60年代初，红山嘴垦区流传一首歌谣："共青团员王秀兰，艰苦工作冲在前。别看她是女青年，干起活来一个能顶仨。王秀兰工作不怕苦和累，带领姐妹撑起连队半边天。人人都学王秀兰，争当先进和模范，革命精神要发扬。"

王秀兰出生在江苏南通一个贫穷家庭。1959年，13岁的小秀兰跟随父母支边来到新疆，她的父母被分配在石河子红山分场（现一五二团）二连当农工。一家四口人住地窝子，喝涝坝水，啃窝窝头。幼小的王秀兰整天跟着父母开荒造田，自幼养成热爱劳动的美德。参加工作后，她更是勤勤恳恳，敢于担当，1969年被任命为二连青年女排排长。从此，她的工作责任心更强了。无论是定苗锄草，还是追肥浇水，样样农活都精通，都能按时完成任务。她领导的女青年排，被群众誉为连队生产主力军。

领导交给王秀兰的任务，她总是挑最难的干。1970年7月上旬的一天，一场山洪将盘山渠冲毁，万亩禾苗急待灌水，抢修盘山渠的任务迫在眉睫，全连300多名职工全部投入到紧张的抢险抗洪工作中。

抢修盘山渠有段最难啃的骨头，是二渡槽下游200米长的峡谷渠，渠底距坡顶有10米开外。王秀兰主动请缨，要求完成这段清淤泥任务。连长腾学勤答应了她的请求。

王秀兰立马组织劳力，5人为一组成梯形。站在渠底的人铲上一锹泥传给上面一人，上面一人再往上传，就这样经过5人之手，才将渠中淤泥清理干净。任务完成后，全排女同志个个变成了泥人。

夷附班长:我要见王胡子

夷附班长是江西人,参加红军后当了班长,是王震将军的老部下。夷附是他的姓,战士们都亲切地叫他夷附班长,他的全名倒没人记得了。

1954年,夷附班长担任独立营养禽场(现一五二团八连和十连)场长。在一次淘粪劳动中,他不嫌脏臭,把鞋子一脱,裤腿卷到膝盖上,跳进粪坑里淘粪。战士们都说他是"永不褪色的老红军"。

1954年夏天,夷附班长想要见王震,便前往15公里外的石河子。到了地方后,他站在王震将军办公室门前大声喊:"王胡子,我想您了,来看您。"警卫员忙上前阻止说:"王震是我们的司令员,王胡子是你叫的吗?""我就是要找王大胡子!你快把他叫出来。"夷附班长对警卫员说。

正在办公的王震,听到门外有人吆喝,便站起身往门外走,老远就认出了夷附班长。

王震问:"夷附班长,你还好吗?""好好好,挺好的,就是心里老是挂念您,想来看看您。"夷附班长激动地说。

1955年夏,夷附班长听说王震要来养禽场看望他,激动得不得了。可是,他等了两个多小时,王震也没来。

最后,夷附班长等急了,一口气跑到兵团第一招待所(现石河子宾馆)问情况。管理员对他说:"夷附班长,王司令员今天有急事,去北京了。"他听后,自言自语地说:"王震,王震,你这小子,官做大了,也不来看我了。"说完就回了养禽场。

没过多久,王震来到养禽场看望夷附班长。王震握着夷附班长的手说:"我上次工作忙,没时间来看你,听说你还骂了我。"夷附班长低着头,不好意思地说:"我只是小声说的,你在北京咋能听见?你的耳朵真长哟!"说完,两人都哈哈大笑。夷附班长有个儿子,11岁那年,他的儿子坐在渠道边玩耍,不慎掉进渠里身亡,年近60岁的夷附班长痛不欲生。后来,他带着爱人回了江西老家,从此再无他的音信。

(原载《生活晚报》)

邢彩云:兵团第一代女康拜因手

邢彩云祖籍甘肃通渭,1957年支边来到新疆生产建设兵团,被分配在石河子红山农场(现一五二团)当农工。她工作积极能干肯吃苦,被评为"三八红旗手",后又被群众推荐,领导批准让她开拖拉机。邢彩云是干一行爱一行,很快学会开拖拉机的技术,犁耕耙播样样精通,受到群众好评。

1959年3月,团里买来一台康拜因。开康拜因人员要从优秀拖拉机手中选出,邢彩云又被选中,并参加了团里举办的康拜因学习班,成了兵团第一代女康拜因手。

1972年7月13日,独立团(现一五二团)麦收工作开始了,这时邢彩云刚生完孩子。团长高文才为了她的身心健康,没让她参加收麦工作,邢彩云急了,跑到团部找高文才,但任凭邢彩云好话说了千万遍,高团长就是不松口。邢彩云生气地说:"团长,你不让我收麦子,我偏要收麦子。"说完转脸离开团长办公室。

回家后她对母亲说:"妈,明天我要去开康拜因收小麦,你也陪我去。""你还在坐月子,身体能行吗?""行!"她斩钉截铁地说。

第二天一大早,她把没满月的小海军用小被子一包,抱在怀里,带着母亲,出门就往一连9号麦地走去。她徒步17公里来到一连9号麦地,把怀中婴儿小海军往母亲怀里一放,跑到康拜因前,对坐在驾驶室里的小郭大声说:"小郭同志你下来。"小郭还没弄明白咋回事,邢彩云就钻到驾驶室里,开着康拜因就进了麦田。直到2万多亩小麦全部收割完毕,她才回家补坐月子。

高团长：半路拦截马车送病号

高团长半路拦截马车，被人们传为佳话。事情过去 40 多年了，被救的林祖暄如今说起这事，还感慨万千。

那是 1972 年 9 月的一天早上，我正在 8 号地给各班安排削甜菜一事。这时，修理班班长雷少全气喘吁吁跑来找我说："连长同志，我爱人病了，情况危急，要赶紧送医院。"他的话还没说完，连队医生王煜英跑来了，她上气不接下气地说："林祖暄是子宫大出血，血止不住，有生命危险，需要赶紧送医院，情况太危险了。"

我立即派赶马车的老手尤万林赶马车送病号。马车跑到半路上，遇见团长高文才下连队检查工作。高团长得知马车上有重病号，他命令在场的人将昏迷不醒的林祖暄抬到他坐的小车上。"你要以最快的速度，把病人送到医院。"高团长对司机说。

"我开车走了，你咋办？"司机问。"不要管我，送病人要紧。"高团长说。

因送得及时，不久林祖暄便康复出院了。

许团长:带头捡石做榜样

许团长名叫许光途,河北人,1942年参军,在抗日战争、解放战争中屡立战功,1964年转业,被分配在石河子八一毛纺厂任副厂长,1965年2月又被调到兵团独立团(现一五二团)任团长。

独立团也称炮兵团,是全副武装的兵团值班部队,肩负战备生产双重任务。炮兵团一营驻地红山嘴是重盐碱地,且石头多,开出的荒地难播种,群众产生畏难情绪。

面对群众畏难思想,团长许光途在动员大会上讲:"同志们,我们不要怕困难,有困难总得想办法去克服,大家都是军人出身,我们什么时候怕过困难?有句话说得好,叫劳动能创造财富,劳动能改造世界。组织把我们放到这里,就是叫我们改变这里的环境。今天我们住的是地窝子,明天我们就要住高楼。同志们,困难考验我们每个人,我们要挺起腰,加油干,为建设美好新疆出力,也为我们过好日子出力,大家加油干吧。"

许团长用朴实的语言教育大家,还身体力行影响大家。

那时我在一连当连长。一天,我带领全连同志,在即将播种的地里捡石头。正当大家干得热火朝天时,许团长骑着自行车,从18公里外的团部赶来参加捡石头劳动。

在许光途团长的影响下,原本计划用3天时间捡完的石头,我们提前一天就完成了。许团长站在开播的地头,拍了拍身上的泥土,望着远去的播种机,开心地笑了。

老连长讲故事

唐安清：毛遂自荐当饲养员

　　唐安清是四川荣昌人，1957 年来兵团，先后在红山农场、独立团（现一五二团）一连工作。1972 年，她在一连猪场当饲养员，一干就是 14 年，成为远近闻名的养猪能手。1986 年，唐安清退休。现在的唐安清，身子骨硬朗，丝毫看不出她已是 80 多岁的老人。

　　说起唐安清喂猪还有一段故事。1972 年春天，团长高文才来我连检查春耕春播。高文才对我说："老胡，你们连是个大连队，不仅农业生产要搞好，畜牧业也要搞好。团里决定从今年开始，每年从你们连调拨 400 头肥猪，以确保全团职工的肉食供应。"

　　接受任务后，我就和指导员陈东山、副连长黄仁海商量，决定从连队挑选最能干的同志当饲养员。一天晚上，我们召开职工大会，专门讨论谁去喂猪的问题。我说："同志们，团长让我们连每年向团里调拨 400 头肥猪。为完成任务，我们要选一位能吃苦、会喂猪的饲养员，大家先分班讨论。"我的话音刚落，就听唐安清站起来毛遂自荐："我想去喂猪。"

　　大家把目光都投向唐安清。有人说："她个子太小，力气不够，挑不动猪食桶。"还有人说："这活太重，女同志吃不消。"

　　"请大家静一静，先不要议论，各班先开会讨论喂猪人选。"我连忙说。站在一旁的唐安清追着我说："胡连长，就让我去喂猪吧，保证完成任务。"后来，在唐安清的积极要求下，我们连领导经过商量决定，同意唐安清去喂猪。唐安清果然不负众望，在工作中，她能吃苦，不怕脏，每天把圈舍打扫得干干净净。她挑着猪食桶，一个食槽一个食槽挨着倒猪食，同时，还要粉碎饲料、卸糖渣，每天工作十几个小时。

　　年底，我们连顺利完成了向团里调拨 400 头肥猪的任务，这都是唐安清的功劳，她为连队争了光。

万文海：连队群众的知心人

万文海是河北邯郸人，上尉军衔，1967年调兵团独立团（现一五二团）一营任教导员。他为人和善，待人热情，常与战士促膝谈心，了解战士疾苦，帮助战士克服困难，战士称他是知心教导员。

"连队工作千头万绪，思想工作做通一通百通。"这是万文海在干部会上常说的一句话。他是这样说，也是这样做的。他处处给连领导做表率。

1972年12月初的一天，我召开班以上干部会议，总结前一阶段备耕情况，安排下一步备耕任务。当时，我批评了一个班长，说他完成任务慢了。这个班长不服气，觉得表扬他少批评他多，便顶撞了我。这时，万文海来了，他当场批评了那个班长，会后又分别找我们谈心，指出我们各自的缺点。最后，我们达成统一认识，要轻装上阵干农活。一个半月后，全连积肥6106立方米，100%完成备耕任务。

我们下一步的任务是，在化雪之前将6000多吨肥料全部运到地里，要求连队里的马车、牛车、爬犁全部上，每人出勤率必须是100%。当时，连里有个战士叫徐志龙，他非要请假去石河子办事。万文海知道后，立马找徐志龙谈心说："你的事可以缓办，但天气不能缓，很快就要化雪了，如果化雪了肥料还运不到地里，明年咋种地？我们鼓鼓劲，坚持把肥料运完再办事吧。"他还对徐志龙说："我和你结对子，看谁快拉多跑工效高。"在教导员的鼓动下，我们仅用了17天的时间，便将6000多吨肥料全部运送到了地里。

胡连长：勇跳涝坝救顽童

1966年，我在兵团独立团一营一连（现一五二团二连）工作。5月下旬的一天，我正在午休，职工潘阿松来到我家，让我帮他打土块。我说："睡完午觉再去。"他却说："今天必须完成打土块任务，不然，明天我还要加班啊。"听潘阿松这样说后，我立即起床和他一起去打土块。在路上，我们突然听到涝坝方向传来哭喊声："我弟弟掉进水里了，快来救人啊！"

"不好，有情况！"我俩三步并作两步，朝着有哭喊声的方向跑去。我俩跑到涝坝边一看，只见水面上正"咕噜咕噜"地冒着气泡。

我立刻跳到水里，伸手四处摸，后来终于摸到了孩子。我紧紧抓住他，然后将他托起举过头顶，潘阿松连忙接住孩子，将孩子放在地上。我爬上涝坝，将小孩放在腿上，只见孩子在吐水，但没有其他动静。情急之下，我抓住孩子双脚一提，只听"哇"的一声，孩子哭出了声。我急忙对潘阿松说："你到连部让他们广播一下，看看这个落水的孩子是谁家的，赶快来认领。"

广播一响，惊动全连，大伙都往涝坝跑。只见人群中的王大姑抱起孩子大喊："儿呀，你咋掉涝坝里了？你姐姐呢？"又一个劲地朝我和潘阿松说："谢谢友才，谢谢阿松。"

这时，孩子的父亲拿出5元钱塞到我手上表示谢意，我拒绝了。我说："见到这种情况，谁都会出手相救。救人是应该的，赶快把钱收回去。"夫妻俩执意不肯收回钱，我对他们说："孩子受惊吓了，赶快回家给他调养吧。"他们这才抱着孩子回家了。

原来，中午时分，落水男孩和大他3岁的姐姐趁父母不注意，偷偷溜到涝坝旁玩耍。当时，他们见涝坝周围长满芦苇，青蛙呱呱叫个不停，男孩便想去捉虫子，但不小心掉进了2米深的水里，恰巧我和潘阿松路过，才有了涝坝救落水男童这一幕。

陈成英：养羊班班长我来当

1975年，独立团（现一五二团）二连有300多只羊，羊场在远离连队的荒郊，没有通电，条件艰苦，牧羊工把羊只喂养得非常瘦弱。

基于这种原因，作为连长的我，准备调整养羊班班长一职。

当年春天，我召集班以上的干部共23人开会，专门讨论谁能胜任连队羊场班长一职。

"同志们，今天我们的议题只有一个，关于羊场班长人选的问题，请大家把最好的同志推荐到畜牧一线。"我的话音一落，畜牧排排长杨生岳第一个发言。

杨生岳说："据我的观察，我提议，让二大组副大组长陈成英同志到羊场当班长。"

"她是个好苗子，是连队生产能手和骨干，把她放在那儿，准行，杨排长你真会挑选人。"副指导员王秀兰附和着。

"不行不行，她是我们副大组长，我们也需要这样的人，她不能走。"二大组组长杨铁亮争辩说。

一时间，参加会议的人七嘴八舌，各执一词。分管畜牧的，极力推荐陈成英，分管农业的，坚决不放陈成英。这时，我示意分管畜牧的副连长王开林发言。

王开林说："同志们，我们要以大局为重，什么是大局？羊场班人选问题，就是大局，好钢要用在刀刃上，我看就这么着，陈成英合适。现在，还是请连长表态决定吧。"

根据多数同志的意见，我以少数服从多数原则，决定陈成英去羊场工作。

而后，我对坐在我身旁的陈成英说："大家推荐你去羊场工作，你有意见吗？""没有，既然大家信任我，再苦再累，我也要挑起这副担子。"陈成英坚定地说。

"这副担子不轻啊,为保证工作顺利进行,我决定让你丈夫赵庆法当你的助手,协助你工作。你们的任务是,保留现有母羊147只,年产羔羊150只,成活率100%。保留羯羊140只,除屠宰之外,年存栏数按70%递增,3年内,羊群发展到800只,你敢挑这副担子吗?"

陈成英沉默片刻说:"有没有附加条件?""你指的是什么?"我问。"比如冬草准备、圈舍维修等。"陈成英回答。"除了上述给你交代的任务之外,其他全由连里负责。"我说。

陈成英果然不负众望,仅用3年时间,不仅羊群发展到800多只,还为连队提供了大量肥源,满足了2500多亩冬小麦播种用肥。

1979年,陈成英又回到二大组继续当副大组长,并成为一名优秀共产党员。

吴广恩:拾粪造肥夺高产

吴广恩,安徽亳州人。1964年转业,被分配在兵团独立团(现一五二团)一营任副教导员。

他在当副教导员期间,喜欢走家串户,与群众促膝谈心,了解民生和连队生产情况。他发现问题,及时帮助连队和群众一起解决困难,群众说他是知心人。

那时我在一连当连长,天天领着大家开荒造田发展生产。

我们初开垦的荒地,种的庄稼苗黄苗瘦,产量徘徊不前。虽然我们年年拉沙改土,年年压绿肥,生产还是年年广种薄收。严重伤害群众生产积极性。

副教导员吴广恩了解这一情况后,对我说:"胡连长,我们改良土地,还得发动群众积极性。我建议你把场园南60亩小块荒地划给团支部,让青年搞试验田,调动广大青年改良土地的积极性"。

1968年春天,团支部试验田挂牌运作了。我连有青年团员190人,是一支很大的生力军。副教导员吴广恩在动员大会上说:"青年同志们,你们不仅是生产主力军,还是搞科研的动力军,连长把60亩荒地划给团支部当试验田,我们就要拿出科研成果来。我建议首先从积肥做起,上班每人带着拾粪筐子,有粪拾粪,没粪割一筐苦豆子带回,首先从我做起,我每天和大家一起上班,下班和大家一块拾粪割苦豆子"。

在副教导员的鼓励下,青年们在60亩地里挖了很多坑,把拾来的粪,割来的苦豆子,收集的垃圾,统统埋在事先挖好的坑里,浇上水培上土,经过一个夏天的发酵,人工造肥成功了。3年后,团支部试验田的小麦亩产超过200公斤。

从那以后,全连积肥、造肥热情空前高涨,改变了往年产量徘徊不前现象,使我连生产一年上一个新台阶。

陈列在军垦第一连农具棚里的拾粪筐,记述了这段难忘的经历。

王志荣：连队蹲点保春耕

20 世纪 60 年代，我在兵团独立团（现一五二团）二连当连长。

1976 年春天，一天夜里，团长王志荣来二连检查春耕耙地情况。当他看到站耱子的人都坐在耱子上耙地，大为不满，不容我解释，便批评我说："你这个连长是咋当的，站耱子的人怎么坐耱子？"说完便站到耱子上给站耱子人亲自做示范。可是，还没等拖拉机转两圈，王团长就从耱子上掉下两次。

通过实践，他得知二连土地土层薄，石头多，不仅给耙地带来困难，同时给播种工作也带来很大困难。了解了这些情况后，王团长就派团参谋、干事等多人来我连蹲点，帮助我连捡石头。在团工作组的帮助下，12 号地的石头很快被捡光，保证了播种质量。从此，这块新开垦的 400 亩荒地，连年获得好收成。

40 多年过去了，每当我来到二连，路过 12 号地时，看到满地绿油油的庄稼，长势喜人，一派丰收景象，我的心里就乐滋滋的，王团长在我连蹲点的身影又浮现在我脑海里。

魏清江：坐上火车真幸福

魏清江，甘肃天水人，石河子红山农场七连（现一五二团四连）连长，1978年病故。

魏清江非常热爱兵团屯垦事业，赶过马车，当过浇水员，担任过班长、排长、副连长、指导员、连长等职。他干一行爱一行，是连队有名的老实人。

1975年秋收工作一结束，独立团（现一五二团）团长王志荣便组织本团各连连长赴山西大寨参观学习。那时，我是独立团二连连长。56岁的魏清江和我随参观团总共21人一同出发，赴山西大寨参观学习。

出发前，王志荣说："同志们，我们的任务是参观学习，不是游山玩水。大寨人是丘陵造平原，发展农业生产。我们要把大寨人丘陵造平原的革命干劲学回来，促进我团农业发展，大家有信心吗？""有！"大家齐声答。

出发那天，我们21人都是站着挤在一辆"解放"牌汽车上，从石河子一路颠簸4个小时后，来到乌鲁木齐南站。虽说"坐车"很累，但大伙心情很愉快，都盼望早点到达参观学习地点——山西大寨。

我们刚上火车，就听有人高声喧哗："啊！我坐火车啦，我坐火车啦。"大家循声望去，只见一人像孩子似的在火车地板上爬，两只手还不停抚摸列车车厢，嘴里喃喃自语道："火车是这个样子啊！今天我也坐上火车了，我也坐上火车了，我太幸福了。"

他，就是四连连长魏清江。原来，老魏进疆时，是徒步从甘肃天水走来的。进疆后，他一直在连队开荒生产，从未离开连队。火车对他来说，一直是个神秘的东西。

老魏第一次坐火车的情景，虽然过去了40年，可他激动的神情，一直印记在我的脑海里。每当我想起这件事时，我的心情久久不能平静。看到今天我们的国家越来越富强，人民的生活越来越美好，老同志晚年生活越来越幸福，我更加怀念战友魏清江，要是他今天还活着该有多好啊。

王凤元：坚守两个原则

王凤元，江苏淮安人，1949 年 9 月 25 日跟随陶峙岳将军起义，参加中国人民解放军。

1950 年 1 月，王凤元积极投身到垦荒大生产运动中。在工作中，他吃苦耐劳，出色地完成了各项任务。1958 年开发莫索湾时，王凤元被任命为共青团农场（现一五〇团）场长。他与团场职工一起开荒造田，发展生产。这一年，他被评为"全国劳动模范"。1959 年，他到北京参加了新中国成立 10 周年国庆观礼活动，受到毛主席的亲切接见。他经常对大家说："没有共产党，就没有我王凤元的后半生。"

1978 年 11 月，王凤元被调到兵团独立团（现一五二团）任团长。那时，我在独立团二连当连长，经常和他打交道，从他身上我学到了很多做人的道理。

每次下连队检查工作时，王凤元有两个原则：一是下连队不坐车，近一些的连队走路，远一点的连队骑自行车；二是进连队之前，先独自到地里察看农作物的长势，然后再听连队干部的汇报。如果发现问题，他要求当场解决，不能拖到第二天。有时在连队检查工作，正好到了吃午饭时间，王凤元便到连队食堂买个馍打一份汤菜，边吃边和职工聊家常。吃完饭，他又直奔田间地头去了。

1979 年 6 月的一天，二连植保员张仕才来到甜菜地观察头天打农药的情况。刚到地头，他老远看见有个人在地里察看甜菜苗。他大声喊道："哎！老乡，地里刚打过药，不要在地里走动，会踩死甜菜苗的。"没想到他走近一看，这个人竟然是团长王凤元。张仕才不好意思地说："对不起，团长，我没看清楚是您啊。"王凤元回答道："没关系，你说得对，就是要保护好每棵甜菜苗。"

不久后的一天，我穿着水鞋，扛着铁锹从地里下班回家，正在连队检查工作的王凤元对我说："胡连长,二连的条田多、路途远,你每天都到地里检查浇水,以后你可以骑自行车下地啊!"当得知我没有自行车时,他什么都没说。

半个月后,我拿着王凤元给的一张自行车票,从团部买回一辆"永久"牌自行车。每当我骑着自行车上下班时,浑身有使不完的劲儿。

时间一晃而过。2007年5月,我骑着自行车从军垦第一连出发,来到石河子市看望90岁高龄的王凤元。看到我来了,他高兴地上前紧紧拉住我的手。我们坐在他家门前的海棠树下,边品味铁观音的茶香,边回忆着当年的往事。

王开林：他创造了奇迹

他是一五二团二连共产党员，退休干部王开林。

1985 年，王开林时任二连副连长，正风风火火干事业的时候，一场大病把他撂倒了。从此，他失去了工作能力。于是，他主动辞去副连长职务，在家养病。

王开林是个硬汉子，他闲不住，得病后还常挂念连队工作。谁家有困难，他都力所能及去帮助。谁家羊跑出圈外吃庄稼了，他会把羊重新赶回羊圈里。刮风下雨了，谁家孩子不能去上学，他主动去护送孩子上学。有人对他说："王副连长，你都病了，就别管闲事了，在家好好休息养病吧。"王开林总是笑着说："我是共产党员，群众的事我能不管吗？"

看到王开林的身体一天比一天消瘦，连队党支部书记杨铁亮牵着一只羊来到他家，关心地对他说："老王啊，你这次病得不轻。我送你一只羊，你把它宰了，炖肉吃，也许你吃了羊肉，身体会好起来的，有了好的身体才能干革命呀。"老王说："那我就不客气了。"

自从有了这只羊，王开林就像找到一份新工作，每天牵着它溜山根，从这山坡转到那山坡，天天转悠不止。也许是增加了运动量的缘故，太阳把他脸皮晒得黑里透红，身体也一天天硬朗起来。

转眼到了春天，青草发芽，母羊发情。王开林找到畜牧兽医苏立伦，要求他给母羊人工授精。苏立伦答应了，为那只母羊做了人工授精。

夏天过去了，在入冬前，这只母羊产下两只羊羔，还都是母羊羔，王开林乐得合不拢嘴。他养羊的决心和劲头更足了，整天赶着羊满山遍野去放牧。

一年后，他就像没病人似的，格外有精神。到医院一复查，医生说他病好了。

星转斗移,转眼到了第六个年头,即 1992 年,老王的羊由一只变成了 121 只。羊群扩大了,家庭也富了。老王说:"养羊真划得来,除了积攒大量羊粪上地外,每年羊毛就能卖上万元。"了解他的人都会翘起大拇指说:"老王真行,一只淘汰母羊,搬来了一座金山。现在,他家有存款 40 万元。"

王开林逢人便说:"都是党的政策好,连队党支部支持咱。"

(原载《石河子日报》2002 年 9 月 26 日)

李凤生：清清白白当了一辈子保管员

李凤生是甘肃天水人。1949年9月25日，他随陶峙岳将军起义，被编入中国人民解放军第二十二兵团九军二十六师七十七团三营四连（现一五二团一连）当农工。李凤生在开荒生产运动中，积极能干肯吃苦，责任心强，被提拔为班长。在抢修钻洞子渠工作中，他出色地完成了任务，受到团首长表扬。

钻洞子渠是1951年修建的，灌溉新开垦的万亩良田。渠道经过玛河西岸一处高地，人们就在高地下面挖渠，凿出一条长200米的地下隧洞。水从隧洞中穿过，人们就把这条渠命名为"钻洞子渠"。

1953年6月中旬的一天。钻洞子渠隧洞中有一处突然塌方，堵住渠水，如果不及时抢修，会造成隧洞大面积塌方。情况紧急，时间不等人，团首长命令四连的同志立即抢修，排除障碍，疏通渠道，保证灌水畅通。班长李凤生接到任务后，毫不犹豫钻进洞中，带领全班同志，冒着生命危险，加固洞壁，疏通了渠道，保护了国家财产免受损失，受到团首长的表扬。群众用赞赏的眼光问李班长："李班长，你钻进有可能塌方的山洞里，不害怕吗？"李班长说："怕，但当我一想到水是我们的命脉，没有水我们咋种地？没有水我们咋生存？想到这儿，我把怕字就丢到脑后了。"

李班长说得轻松，可心里装的全是公家的事情。他把开荒种地事业看作终身事业，把连队一草一木看作国家宝贵财富。谁家孩子折断一根树枝，他见了就像折断他手指一样疼。他是全连爱护公物的先进人物。

1956年春天，连长冯全宝说："我们连要选个保管员，大家看选谁合适？"

经过全连同志评选，大家一致认为，李凤生当仓库保管员最合适。

李凤生愉快地接受了这个任务，一干就是 30 年，直到 1986 年退休。

　　至今连里还流传着一段佳话："连长换了好几茬，保管员没换还是他。李凤生不简单，当了保管 30 年，没占公家一分钱便宜。"还有人说："吃不穷，穿不穷，管理不好就受穷。"李凤生清清白白当了一辈子保管员。

杨光才：石河子文坛一"秀才"

人们常在收音机里、报纸上听到看到杨光才的名字，这是因为他会写文章，会演节目。

1963年，17岁的杨光才成了红山农场三连（现一五二团三连）农工。那个时候，连队文体生活很枯燥，职工一个月看不上一次电影。为了活跃连队文体生活，各连队经常组织连与连之间篮球友谊比赛，或者编排文艺节目互相演出，调节活跃连队文化生活。

1968年，为推进群众文体活动持久性开展，团场将各连文体骨干抽调到团场，成立毛泽东思想宣传队，杨光才是其中的人选。

杨光才不仅会表演，而且他的悟性很高。他创作的文艺节目深受观众好评。歌曲《五好战士马江海》，在时隔50年的今天，还有很多老同志会哼唱。杨光才吹拉弹唱，样样在行。

毛泽东思想宣传队在农忙时，就回各连队抓生产；农闲时，就集中到各连宣传演出。

无论是集中还是解散，都丝毫动摇不了杨光才学习文化和文艺创作的决心。他文化不高，只有小学文化水平，这给他搞创作带来天大困难。但是，杨光才从来不怕困难。他利用劳动间歇，边学文化，边搞创作，遇到不会写的字，他就向身边有文化的人请教。久而久之，铁杵磨成针，他的文化水平不断提升，作品不断进步，他个人也成为今天的"兵团文化能人"。

现在的杨光才，不但会写、会编、会演，还是《石河子日报》的特约记者。

杨光才的文学进步，缘于他勤学苦练。1946年，杨光才出生在甘肃定西的一个小山村。他10岁时，家乡才办了小学，他入学读书。1959年，13岁的杨光才随全家搬迁，来到新疆石河子，在红山农场三连安了家。17岁时,杨光才在该场三连参加工作,成为一名农工。

连队要排演节目,杨光才报名参加。可是,连队300多号职工中,没人会编写节目。连领导犯难时,又是杨光才毛遂自荐,自告奋勇要求编写节目。起初,他编写的节目,大多都是顺口溜,再好一点的是方言快板之类。随着时间的推移,杨光才的文化水平在提升,他写的小品,无论是数量还是质量都在提升,成为石河子文坛一秀。杨光才退休前,是石河子水泥制品厂制管车间政工员。2006年,他从岗位上退休后,一直不忘搞文艺创作。

今年71岁的杨光才,仍不减当年锐气,整天乐呵呵,活跃在街道、社区、学校。他用文艺的形式宣传党的方针政策,宣讲党的十九大精神。

"人家退休在家休息,他退休比上班还忙。现在头上不拿钱的'官帽'足足有12顶——国家级民间艺术家协会会员、兵团作家协会会员、曲艺家协会会员、石河子戏剧家协会会员、老年协会理事、石河子艺术团小品队长、向阳街道红柳艺术团总编导、一五二团关工委委员、石河子第十六中学关心下一代委员会常务副主任……"他老伴说。

我问杨光才:"你今年都71岁了,不好好休息,头上还'戴'这么多的头衔,你能忙得过来吗?"

杨光才乐呵呵地笑着说:"活到老学到老,文艺创作永远不止步。我要趁现在身体还好,多为石河子人民奉献更多的欢乐,让石河子人天天笑口常开。"

杨光才就是这么一个人,他说到做到,从不食言。

去年秋天,他带着演出队去石总场一个连队演出,演员们是骑自行车去的,有一段道路不平整,加上车上带的道具多,拐弯不便,杨光才连人带车摔到路边沟里,额头碰破出了血。他来到连队卫生室把伤口包扎了一下,又去演出了。

恰巧他演的那个小品,是赞扬一个受伤的职工临危不惧抢救国家财产的。当时,头裹纱布的杨光才一出场,引起场内一片轰动,演出效果非常逼真,因为大家以为是真人出场,所以观众很热情。

还有一天下午,杨光才接到三个电话,都是邀请去演出的,一个是 3 社区,一个是 34 社区,一个是火车站社区,而且都是在同一个晚上演出,杨光才又不好拒绝,只得将演出时间进行调整。

　　杨光才骑自行车带着演员奔向第三场时,因赶场心切,走得过急,刚走到一五二团五连拐弯处,对面迎来一个骑自行车的人,杨光才为躲闪对方,结果连人带车摔倒在路边的林带里,头撞到一棵大树上,顿时鲜血顺面颊流下来。杨光才顾不得去卫生所包扎,只用随身的洁面巾简单包扎一下,就去演出了。杨光才带伤演出完后,主持人说了他的情况,观众席响起一片掌声。

徐善武：用军垦精神做军垦旅游事业

　　说起徐善武，很多人都不陌生，他是兵团屯垦戍边爱国主义教育基地——西部旅游集团公司军垦第一连景区党支部书记兼总经理，所以大家都亲切地称他"书总"。说他是领导，园内不管是粗活细活他都干，身先士卒；说他是员工，不论是重活轻活都由他来派工。他整天乐呵呵地和员工们打成一片，吃住在一起，群众又称他是"贴心书记""能管事的总经理"。

　　今年7月上旬的一天，到园区参观的人特别多，其中有一位年约50岁的妇女在东张西望，看上去情绪有些焦躁。徐善武见状上前一问，原来她是搭乘别的旅游团的汽车来军垦第一连参观的，这个旅游团不知什么时候离开了军垦第一连。了解这一情况后，"书总"不顾自己还高烧38度，徒步把这个女同志送到1公里开外的一五二团十连公交车站，直到把这位女同志送上了公交车，远望公交车离去，他才拖着病体艰难地往回走。

　　由于种种原因，军垦第一连三年换了三个领导班子。2008年3月，旅游集团党委经过慎重考虑，再三筛选，任命徐善武为军垦第一连党支部书记兼总经理。谁知，徐善武上任后一干就是整三年。他不仅改变了军垦第一连的面貌，还给军垦第一连创造了6位数的收益。这期间，他付出了很多心血。

　　徐善武是个工作狂。去年国家拨款，要重新打造军垦第一连。为落实集团领导安排的"打造营销"两不误的工作原则，徐善武在军垦第一连人手少任务重的情况下，干脆把行李搬到军垦第一连，与员工同吃、同住、同劳动。

　　在工作开展得火热、紧张、有序之时，徐善武突然接到了妻子的电话，说她病了住进了医院。听到这突如其来的消息，徐善武冷静地想了想,便在电话这头对妻子安慰了几句说:"亲爱的夫人,这段时间工作很忙,我暂时回不去,你要多保重,配合医生治疗,等我忙完这段工作,我一定回家看你。"说完他便挂了电话,又和员工们一起投身到紧张的工作中。

　　徐善武善于谋划景区未来发展。2008年初,徐善武上任后不久,做的第一件事便是抓环境治理。因军垦第一连背面是山,每年春天积雪融化易暴发山洪,每年的8月又有洪汛到来。这两个时段,大量的山洪威胁着地窝子和其他设施的安全。为防水患,徐善武就带领员工们利用工作的间隙挖排洪沟。不到15天的时间,便在洪水冲击地窝子的地方挖排洪沟500多米长。为防止突发性山洪冲坏设施,徐善武每天特别关注天气预报。

　　今年3月初的一天,气温一下变暖,山上厚厚的积雪很快融化,山洪裹着寒风袭击了军垦第一连的地窝子。正在住院治疗高血压、脂肪肝、肾结石的徐善武,听到这一消息后,立马从病床上爬起,奔赴军垦第一连抗洪现场。他说:"时间就是命令,抗洪就是战斗。"他首先察看了灾情,为员工分配了任务后,他又拖着病体和员工们分地段把守各个水口子。拼搏了近4个小时,他们终将山洪顺利地排进了事先挖好的排洪沟里,保住了国家财产免遭损失。

　　徐善武是个爱动脑子的人。当时,他站在挖好的500多米长的排洪沟前,心想:如果在沟里种上树,利用排洪水浇树,这样不但起到了防洪的作用还绿化了周边环境,节约了浇树用水,降低了成本,这不是一举三得吗?说干就干,他又带领大家栽树。如今2000多株杨树在排洪沟里苗壮成长,成了军垦第一连一道亮丽的风景线。

　　徐善武常说:"我们从事的工作,是一个特殊的工作,既无厂房,又无产品。我们是做宣传、弘扬军垦文化的,就要出精神产品。这就需要我们用军垦精神来做军垦旅游事业,用我们规范的行动来感染每一位到来的游客。"

牟方成：不惧脏臭排粪水

　　七一前夕的一天上午，一五二团畜牧公司三猪场排粪池边围了好多人，七嘴八舌地议论着什么。笔者好奇地走近一看，原来是直径4米，深5米见方的排粪池因为年久失修不能排粪水了，公司领导请来施工队准备维修。然而，池内脏水还有1米多深，只有把脏水全部排掉才能维修。发了酵的粪水散发出一股恶心的臭味，熏得人透不过气来。施工队的人围了好几圈，但没有一个人愿意下到池里排臭水。

　　这时，共产党员牟方成喂完猪，从猪场走出来。他得知这一情况后，二话没说，脱下长裤和鞋袜，赤臂跳进齐腰深的臭水里，双手挥动手中铁锹，排起了臭水。在他的带动下，施工队的同志一个个跟着干了起来。奋战一个多小时后，池内粪水全部排出，施工队可以安全施工了。

　　这时的牟方成，带着一身臭水离开了现场。

（原载《石河子报》1997年7月4日）

张光辉:老"憨头"开了义务理发店

张光辉是一五二团畜牧公司饲料加工厂的员工,他有个外号叫"憨头",意为他平时话很少,干起工作来不知累,像个小老虎。他喜欢帮助别人,谁家有困难少不了他的身影,厂里的工人都喜欢他。

饲料加工厂地处红山脚下,离石河子市 17 公里,交通不方便。工人要去城里办事,大都骑自行车。没有大事、要事,大家很少去石河子,就连男人理发,也要等长长了,两三个月才去理。

这些生活琐事,被"憨头"看在眼里,他心想,我要是利用业余时间,办个义务理发店,给头发长的人理理发,该有多好呀。他把这一想法告诉了厂长王道忠,在王厂长的支持下,老"憨头"自己掏腰包,托人从石河子买回一把理发推子、一把剃须刀和一把理发剪子,又拿来一块围布,搬来一把椅子,往自家院子里一放,他的义务理发店,就这样开张了。

厂里人听说张光辉开了个义务理发店,有人来理发,有人来看热闹,把个小院子挤得水泄不通,都说"憨头"又为大家办了件好事。

张光辉办义务理发店的消息很快传开了,就连附近的老乡都跑来找他理发。

团长李兆峰来厂检查工作,得知张光辉办了个义务理发店,便走了进去。看见张光辉正给一个老头理发,李团长说:"张师傅,你也给我理理发吧?"张光辉抬头一看是团长,忙说:"俺理发水平很洼,大家说俺理的是'锅盖头',俺不敢给团长理。""没关系,我喜欢'锅盖头',你就给我理吧,我不嫌弃。"团长说。

理完发,团长走出小院子,不知是哪个愣头青大声说:"大家都来看呀,团长也是'锅盖头',我们厂里又多了一名员工。"说得在场的人想笑又不敢笑。李团长见势忙风趣地说:"在这理发不耽误工作时间,又不要钱,理个'锅盖头'遮风挡雨,有啥不好,我喜欢。"就这样,老"憨头"开了义务理发店的消息传得更远了,农工都愿找他理发。

（原载《石河子报》1999 年 3 月 22 日）

付云宝:我和绿洲有个约定

　　付云宝是在绿洲黄土地上长大的,毕业于塔里木农垦大学牧医系,获学士学位,曾在兵团农业局工作。1999年底,他回到养育他的石河子,在一五二团畜牧公司任党支部书记、经理。

　　目前,付云宝负责一五二团畜牧公司三个养猪场和一个肥料加工厂。他来这里一年多,凭着扎实的畜牧理论功底和管理经验,使累计亏损185万元的畜牧公司当年扭亏为盈,实现赢利27万元,到如今,全公司已拥有固定资产302万元。

　　凭着对绿洲的爱和对事业的追求,付云宝在人生道路上走了个扎实的圆圈。

　　1982年大学毕业后,在当时人才稀少的年代,怀揣大学文凭的付云宝没像同学们那样纷纷涌向城市,他向组织提出要求去最艰苦的团场。组织上看他决心已定,就把他分到一三三团。当年,这位"骄子"就在团畜牧科担任科长职务。

　　这位有知识又能吃苦的大学生,到了团场后就一头扎进了各畜牧群,把自己在大学里所学到的理论充分应用于实践中。他认为,只有在基层才能进一步巩固和提高学到的理论知识。但是,谁也没想到他会在这里一干就是10年。10年的基层生活,使他由里到外成为一个地地道道的牧工,成为一个畜牧通、一个畜牧专家。在他的努力下,一三三团落后的畜牧业得以发展,不仅养羊业实现了"零"的突破,羊的数量增加到4万只,而且畜牧业在全垦区一跃成为第一名。

　　1992年,是付云宝在一三三团工作的第十个年头。这一年,组织上把他调回师市农业局。1994年春,是付云宝畜牧科研事业的春天。这一年,付云宝被调到兵团畜牧局,从事农牧业技术开发和草原监理工作,职务是畜牧局草业中心副总经理。

　　付云宝利用这个机会不断拓宽自己的知识视野,把更多的精力投入到科研实践中去,不断丰富自己,以期有朝一日回报绿洲。他在兵团先后参与并策划组建了4个有机生物肥料厂;在数十个团场做了20多个农作物牧草品种示范实验;参与了国家100多个火炬项目的验收工作并撰写了验收报告。

事业上的一帆风顺更加深了他对绿洲石河子的爱恋,他认为是故乡石河子的培养才有了他今天的成就,他期望着能有一天再次返回他梦中思念的故乡石河子。6年之后,他终于盼来了这一天。1999年,一位老领导告诉他,一五二团畜牧公司亏损严重,希望他这个畜牧专家能回来改变一五二团畜牧公司的面貌。

经组织批准,他义无反顾地回到了石河子,接手了一五二团畜牧公司这个烂摊子。当年已41岁的付云宝做的这一选择,是常人难以理解的。按照人往高处走的说法,他走了下坡路,而且官降了半职。他顾不上理会这些世俗的观念,而是一门心思扑在了事业上。他开始艰苦地起步。在一年的时间里,他和员工们都迈出了坚实的步伐。

公司实行改制,他打破原有的工资制,干部工人工资和效益工资挂钩;实行大额风险抵押,从经理到员工43人共交风险金62万元。彻底更新猪场原有的老品种,引进西欧双脊臀新品种,生猪质量以质取胜,扩大了市场销售范围。

仅一年的时间,笑容就回到员工们的脸上。员工们用欢庆的爆竹庆贺公司再现生机。这一年,公司首次扭亏为盈,实现利润27万元,完成产值1033万元,职均收入达到8000多元。他们生产的生猪销售到乌鲁木齐和库尔勒等地。

今年上半年,畜牧公司经济运行态势良好,仅养猪业收入373万元,较上年同期增加248万元。生产化肥710吨,较上年同期增加200吨。年收入达到56万元,畜牧公司活了。

付云宝在接受采访时一再说,我和绿洲有个约定,我要在绿洲这片土地上干一番事业,回报绿洲。

（原载《石河子日报》2001年7月10日）

朱秀珍:孝顺能干巧媳妇

要不是走进马家小院,还真不知道不足 20 平方米的小房内住着祖孙三代人。虽说房子小点,但房子里洒满了浓浓的亲情。这就是被人称为巧媳妇的朱秀珍的家。

10 月 28 日,笔者慕名来到八师一五二团科技站蔬菜生产基地采访朱秀珍。

刚从早市卖菜回来的朱秀珍,草草用罢早餐,就和丈夫一起给 74 岁卧病在床的婆婆按摩腿部和腰部。老人半卧半躺在床上,见陌生人进来,开始有些吃惊,弄明白笔者来意后,便与笔者断断续续夸起儿媳妇朱秀珍。

朱秀珍是一五二团推广站技术员。10 年前,单位撤销,朱秀珍和丈夫一商量,决定到科技站承包 8 亩菜地,又养了一头奶牛。白天忙完地里活,晚上张罗家务事。

自打朱秀珍嫁到马家当媳妇,婆媳关系一直都很好,平时家务事全由朱秀珍包揽了。婆婆生病卧床她更是关心备至。

一年前,婆婆患上癌症,卧床不起。朱秀珍给婆婆喂饭、喂水、擦身、按摩、端屎端尿,忙个不停。老人讲到动情处,笑容里透出快乐和幸福。

下午,朱秀珍骑上自行车,驮上两桶鲜牛奶到家属院去卖,回到家时,已是下午 8 点多钟。顾不上休息,她张罗着先给婆婆做饭、喂饭。婆婆见她累得满头大汗,心疼地说:"秀珍呀,自你嫁到俺马家,没穿过一件好衣裳,没吃过一顿安稳饭,整天忙里忙外的,俺心里实在过意不去。现在俺又患了绝症,说不定哪天就走了,帮不了你的忙,你就别为俺张罗了。"她边说边伸出手给朱秀珍擦脸上汗。朱秀珍忙打断婆婆的话说:"妈,快别这样说,我伺候妈是应该的。妈,你身体好了,也是我们儿女的幸福呀。"朱秀珍边说边端来一碗香喷喷的鸡蛋汤面，舀一勺先用嘴吹一吹，然后慢慢送到婆婆嘴里。

朱秀珍在家里对老人很孝顺，在生产上又是一名好手。她会生产，会经营，8亩菜地管理得有条有理。她引种的红香菜、石兰花、香椿菜，不但长得好，还是市场热门菜，供不应求。

今年，她试种的300株中华桃，当年栽种当年结果，当年见效益。她种植的这些新品种，全由她自销，收入可观，除了供应孩子上大学外，家里还有4位数存款，日子过得很红火。朱秀珍说："我在筹款准备买楼房呢。"

（原载《兵团日报》2001年11月14日）

高国峰:临危不惧勇擒盗羊贼

在八师一五二团办公大楼门前的橱窗里,张贴着一张鲜红的大字报,上方写着"感谢信",三个大字特别显眼。写感谢信的人是玛纳斯县食品公司哈萨克族老太太斯拉仪,表扬一五二团四连出租车司机高国峰临危不惧抓盗羊贼。高国峰见义勇为的事迹在一五二团传开了,他为斯拉仪家救回48只羊,价值5万多元。

2002年2月8日,北风凛冽,大雪纷飞,13岁的哈萨克族少女采妹赶着羊群在玛河东岸放牧。羊群到了野外,一阵撒欢野跑,后来羊群渐渐停下开始觅草。一阵寒风袭来,采妹打个寒噤,看羊群觅草,她就躲到避风处避风取暖。这时,不知从哪里来了3个陌生人,见四处无人便走到采妹面前一拥而上将采妹按倒,用毛巾堵住小采妹的嘴,用事先带来的绳子捆绑了小采妹,把她扔到雪坑里赶着羊群走了。

小采妹躺在雪坑里动弹不得,眼巴巴望着羊群被赶走,她想动,动不了,她想喊,喊不出声,她想求人,没有人,她唯一的办法是跳出雪坑。时间一分一秒地过去了,天色临近傍晚,夜幕很快降临,再爬不出雪坑就有被冻死的可能。

一股求生的欲望促使她拼命挣扎,她心想,我不能在这等死,我必须爬出雪坑,找人求救。她拼死地挣扎,终于拔掉塞在嘴里的毛巾,大声喊"救命"。

恰在这时,高国峰开着出租车路过这里,只见雪地里有个黑影在晃动。他停下车,跑到雪坑边一看,原来是个少数民族小女孩。得知她是被人绑的,她的羊群被人赶走后,高国峰马上拨打手机报警,然后把小女孩抱到他车上,按照小女孩指的方向,开着车追盗羊贼。

不一会,玛纳斯县的警方赶到,高国峰配合警方捉拿盗羊贼,为少数民族同志挽回经济损失5万元,并将盗羊贼绳之以法。

（原载《中国少年报》2002年10月30日、《兵团日报》2002年5月7日、《石河子日报》2002年4月25日《石河子广播电视报》2002年4月17日）

老连长讲故事

李茂海：穿上黄棉袄，什么困难都不怕

　　李副连长名叫李茂海，个高力大声如钟。祖籍河南驻马店。1950年参军入朝参战，1953年回国，1957年转业，被分配在石河子红山分场（现一五二团）二连任副连长。他工作积极能干，一身正气，不管是刮风下雨，他都和农工们在一起，开荒、种地、浇水，样样农活他都行，群众亲切称他既是副连长，又是好班长。

　　李副连长转业时，身穿的那件黄棉袄，破了补，补了穿，一穿就是10多年。他妻子闫秀英说："听说上级给我们二连调来棉衣和棉被（非军用品），你去领一套新的，把旧的扔了呗。"李副连长耐心地对妻子说："旧棉袄也是棉袄，它跟我这么多年，我咋舍得丢呢。再说上级给我们调来的衣物数量有限，我是干部，是共产党员，我要把方便留给有困难的人。"

　　妻子闫秀英委屈地说："别人都穿新衣服，你当干部的，连件像样衣服都没有。"

　　李副连长笑着说："当干部就要穿新衣服吗？我的黄军装比什么新衣服都好。你看，我穿黄军衣，就像我当年上战场一样，什么困难都不怕。"他又在妻子面前做了个军人动作，逗得妻子笑了，从那以后，妻子再也不提穿新衣服了。

　　黄棉袄也就成了他心中之宝，陪伴李副连长度过一个又一个寒冷冬天。

　　夏天来了，他扛着铁锹去浇水，胳肢还要夹着黄棉袄，待到休息时，他把黄棉袄往地上一铺，躺在上面休息片刻，又去浇水了。

　　我们连的耕地在北阳山山脚下，每年冬天，山上积着厚厚的雪，一到春天，积雪融化，形成雪洪，如不及时排洪，就会造成国家财产损失。所以，每年防雪洪是头等大事。

1966 年刚进入 3 月,我们连防雪洪工作又开始了,我负责带领一排把守东段,李副连长带领二排负责西段。

　　3 月 12 日下午 3 时许,西段突然传来"不好啦,这里的排洪渠被雪洪冲出口子啦"的喊声。李副连长闻声迅速带人赶到水口地点,一股雪水直往麦田地里冲。如不及时堵住水口,下游的麦田会被冲毁。

　　时间就是命令!李副连长带头跳进冰冷的雪水中,手持铁锹挖泥堵口,二排的同志也不怠慢,挖的挖、填的填干了起来。前面挖的土扔进坑里,后面就被雪洪冲走了,时间一分一秒地过去,水口越堵越大。在这紧急时刻,李副连长毫不犹豫脱掉身上的黄棉袄堵到缺口里,其他人也跟着脱棉衣堵水。最终,在大伙的共同努力下,水口被堵住了,下游麦田保住了。这时,大伙怀着喜悦心情,不约而同笑了。

郑志高:增收致富有妙招

老郑名叫郑志高,是一五二团六连退休工人。提起他的名字,连队人都说:"老郑养牲畜致富了。"

前两年,发了养鸡财的他手中有了积蓄,就又瞄准了市场,2002年在自家院内办起了养兔场,发了兔财。

老郑的养兔场很大,四周种了100多棵李子树,树下种满绿油油的苜蓿。老郑说:"兔子喜常温,怕高温。院子里植树种草,夏季炎热的时候可调节院内温度,便于兔子生长发育,果树结的果子还可卖钱。"现在,老郑喂养的兔子大小有800多只。

2002年5月初,老郑向市场投放了180只兔子,获利4000多元。后来,老郑又养了10只羊,老郑说,把兔子吃剩下的饲草收起来,还可喂羊,既节约成本,又增加了收入。

(原载《石河子日报》2002年5月22日)

余彩霞：豆腐房飞出金凤凰

"余彩霞以 519 分考取了南京的河海大学。"消息传来，一五二团五连男女老少炸开了锅，纷纷竖起大拇指称赞说："老余家不简单，今年他家又出了个大学生。"

余彩霞的父亲余国华、母亲李海芝于 1987 年从湖北迁居一五二团五连，一直做豆腐生意。

余彩霞姐弟 3 人，姐姐余彩云 2001 年考取新疆师范大学美术系，小弟弟今年又考上石河子市重点高中。

李海芝告诉笔者："我们两口子天天磨豆腐卖，没时间管理家务事，孩子们每天放学回家要做饭，还要洗衣裳。吃过饭，他们很少看电视，大部分时间用在复习功课上。孩子们很懂事，常说父母亲很辛苦，当儿女的要替父母分忧，自己的事自己做。"

笔者问："你们的收入情况如何？要供两个大学生一个高中生上学能承受得了吗？"李海芝说："还可以，我们旺季每月收入 2000 元以上，大女儿上大学，我们每学期给 2000 元，不足的靠她自己勤工俭学。这不，今年放暑假到现在她还没回家呢，来电话说，她正给人家当家教呢。"

停了一会她又说："你看，二女儿也没回来，也给人家当家教去了，为自己准备开学学费去了。"记者又问："你家里还有其他负担吗？""要说没负担是空话，谁家没有负担。我的父母和公婆都在，每月都要给他们寄些生活费。不过，我每月都有小计划，按计划开支，手头捏紧点就过来了。"

说到这里，她爽快地笑出声，笑得那样憨厚、朴实。

（原载《石河子日报》2003 年 7 月 30 日）

胡友才：制服惊马　七孩脱险

1966 年春天的一个早上，兵团独立团一连（现一五二团二连）营区被职工打扫得干干净净，14 块毛主席语录牌竖立在主干道两旁，一群孩子正在路边玩耍。

连队赶马车的潘世荣，早上 7 点多往地里送了两车肥料，回来后，就将没卸辕的马车停靠在主干道南端路旁，回家吃早饭去了。9 时许，牧羊人赵文礼赶着一群羊路过这里。牧羊犬在追赶羊群时，把拉马车的 4 匹马吓惊了。

无人看管的 4 匹马拉着马车，在营区主干道上由南向北狂奔。"砰、砰、砰"，路边的语录牌一个个被撞飞到 10 米开外。行人看到马车飞奔，吓得躲闪到一边。但路的北头，7 个孩童还在路中央玩耍，丝毫没有发现危险即将来临。在场的人都捏了一把汗，却不知如何应对。

眼看马车要闯祸，这时，从家里出来的李麦成看到这一幕，焦急万分，声嘶力竭地喊道："不得了了，不得了了，快来人呀！马惊了，要出人命了！"喊声响彻连队。我正在连部开连务会，听到喊声，急忙冲出办公室，向着飞奔的马车迎了上去。

说时迟那时快，我一个箭步，飞身跳上狂奔的马车，抓住了缰绳，只见车轮在地上磨出了印迹，但惊马拉着马车依旧向前冲，丝毫没有停下之意。马车离孩子们越来越近，20 米、10 米，眼看悲剧即将发生，我急中生智，猛拽缰绳，在千钧一发之际，迫使马车滑向了路边，速度终于慢了下来，马车与孩子们擦身而过，避免了一场车祸。

随着"咣"的一声，马车侧翻到路基下，我也被马车压住动弹不得。众人跑来，把我从马车下拖了出来，幸好我只是腿上两处擦破了皮，出了点血。

李副团长：群众眼中的"帅团长"

"帅团长"名叫李克强，河北人。1945年刚满17岁的他报名参加了八路军，后叫解放军。1950年参加抗美援朝，无论在解放战争中，还是在抗美援朝战争中，他屡立战功。1953年回国，1965年转业，被分配在兵团独立团（现一五二团）当劳资股股长、团参谋长、副团长等职。1988年离休。无论他职位怎么变，他工作的韧劲和朴实的工作作风始终没有变。

20世纪六七十年代，我在兵团独立团一连、二连和六连当连长，和他打交道自然很频繁，他工作认真，严以律己，密切联系群众的工作作风始终留在我脑海里。他工作勤奋，一丝不苟的工作精神，始终是我学习的榜样。他急群众所急，帮群众所帮，在全团广大干群中，留下深刻印象。"帅团长"挂在嘴边常爱说的一句话："干活不能光靠苦干，还要加巧干，工作效率才能翻番。"

记得1968年的8月初的一天，天空突然乌云密布，雷电交加，一场滂沱大雨冲毁盘山渠，大量泥巴填平渠道。为保证渠道畅通，我带领全连人苦战抢修盘山渠。李副团长得知后，急忙骑自行车跑了三十多公里，赶到抢修现场。他二话没说，卷起裤腿，跳进泥水中，和大家一起干了起来。汗水、泥浆水打湿了衣裳，大家全然不顾，经过大半天紧张劳动，终于完成了清淤任务。这时人们你看看我，我看看你，一个个都成了泥人，分不清哪个是官哪个是兵，大家不约而同地笑了。

1972年的冬天，特别寒冷，我连堆积如山的猪粪冻成一体。严重影响运肥进度。副团长李克强得知后，冒着零下30摄氏度严寒来到我连，他一口热水都顾不得喝，就来到运肥现场，叫我找来锯末、柴油和硝酸铵，教我制作土炸药。在他的指点下，我们仅用18天，就将1000多立方米冻猪粪全部运到地里，受到团领导和群众好评。

老连长讲故事

李副团长的威望深深扎在广大群众心目中。他离休后,有人赋诗《八十抒怀》这样赞美他:八十生日霜白头,漫漫人生志未酬,峥嵘岁月抗敌寇,南征北战建国功。曾饮鸭绿江边水,又抗边疆戈壁风,赤胆红心忠于党,笑看夕阳乐其中。

沙吾提:这个连长亚克西

达吾提的弟弟叫沙吾提,两人是一母所生的兄弟,维吾尔族。达吾提从小聪明伶俐,长大后勤学能干,八师一五二团党委任命他为九连连长后,他更是积极带领全连职工苦干奔小康,大家都拥护他,说他是个好连长。在他的带领下,全连生产形势蒸蒸日上。

一场意外事故,夺走了他的生命。那是 1992 年夏收时节,麦收工作紧张进行,达吾提白天指挥康拜因收割,晚上值班睡场院看小麦。装满小麦的麻袋,垒成高高的麦垛,半夜时分麦垛倒塌,把他埋在麦垛下面。人们发现后急忙把他从麦垛下面扒出来,但他已停止了呼吸,全连悲痛欲绝,呼唤达吾提的名字:"达吾提,你是我们的好连长,你不能走呀,你走了谁带领我们奔小康呀。"大家哭得天昏地暗,随后一致向团里举荐沙吾提接任九连连长。

沙吾提不负众望,含着热泪,勇担连长重任,带领全连同志继续苦干奔小康。记得 1992 年 8 月中旬的一天,我来到了九连 9 号地头,"突、突、突……"一辆摩托车向我驶来,我抬头一看是沙吾提。他骑着摩托车,来到我面前,见到我,沙吾提便挥手说:"走,看看我们的棉花去。"沙吾提一溜烟把我带进 11 号地。

我走进 11 号地,看到棉花长势喜人,我手抓一棵棉花,掰着棉株数棉桃,不由自主地惊呼:"呵,这株棉花结伏桃 6 个,秋桃 12 个。"沙吾提一脸得意地补充说:"这块地的棉花,伏桃缠腰,秋桃盖顶,籽棉单产可达 320 公斤。"站在一旁的副连长亚力昆告诉我:"由于更换了棉花新品种,全连的棉花长势喜人,丰收在望。"

采访中,我还了解到沙吾提认真调整连队种植和养殖业结构,连队职工养殖业发展有特色。职工们说:"沙吾提连长改变了我们的贫穷面貌。"

九连坐落在红山脚下的一个山湾里，土地面积1420亩，经济结构以种植业为主，无任何其他副业。

　　据连队职工介绍，前几年棉花市场看好，连队种植的是清一色的棉花，当时十分看好的棉花经济确实富了职工，人均年收入9000元至10000元不等。职工腰包鼓了，沙吾提还不满足，他又提出"发羊财"思路，要家家户户养羊发财。

　　考虑养羊资金不足，沙吾提以个人名义，去银行贷款3万元，先购回40多只繁殖率高的湖羊分给职工饲养。一年内，40多只羊发展到121只，效益不错。沙吾提又去银行贷款12万元，购买了140只湖羊，分给14户职工饲养。在沙吾提的带领下，全连迅速掀起了养羊热潮。

　　为了适应种植业的发展，他又调整了土地种植计划，连队总面积1400亩，其中用1000亩地种棉花，400亩地种饲草，职工人均收入年年增长。大家竖起大拇指说："沙吾提连长亚克西。"

高二万:4000亩荒地变良田

"高二万"名叫高文才,河北霸县人。从小家境贫寒,不满15岁的高文才当学徒工,来到煤矿挖煤为生。

1943年,高文才17岁了,在煤矿积极报名参加了八路军。他打仗很勇敢,在抗日战争、解放战争和抗美援朝战争中,他屡立战功。军功章就获得11枚。他从不居功自傲,一直勤勤恳恳为党工作。

1965年转业,被分配到兵团独立团(现一五二团)任副团长、团长、政委等职。他职务变了,关爱群众之心没有变,注重调查研究之风没有变,田间地头就是他办公场所。哪里有困难,他就出现在哪里。只要有他在,就没有解决不了的问题。那时我当连长,他对我的关心和支持,我终生难忘。群众亲切称他"高二万",是他帮助我连攻克生产难关,粮食连年递增上万斤而得。

1968年,我连新开垦的4000多亩荒地,因土层含盐碱太重,种啥啥不长。我正为此犯愁时,副团长高文才来了,了解情况后,便召集班以上干部开会,介绍改良盐碱地办法。

"地里盐碱一天不除,就别想长出庄稼。"他说,"种水稻是改良盐碱地的最好办法。"因为没有经验,他叫我们先在一个条田总结经验。于是,我们选择含盐碱最重的12号地,面积220亩,试种水稻。

说干就干,全连出动,在地里筑埂打畦,一切准备就绪,就往畦子里灌水撒种。经过半月苦干,220亩水稻保质保量按时完成种植。接下来是田间管理,水稻从播种、管理、收割,副团长高文才几乎天天都要来到稻田,观察水稻长势、安排什么时候灌水,灌多深水,灌水时水一定不能漫过稻苗。我们严格按照高团长指示精心管理。

在我们的细心管理下,禾苗茁壮成长。看到水稻长势喜人,大家乐极了。秋天来临,水稻成熟,我们怀着喜悦心情开始收割水稻。一过称,水稻亩产达 115 公斤,220 亩水稻总产达到 25300 多公斤。全连沸腾了,这个说:"没想到,连草都不长的盐碱地,竟能长出好庄稼。"那个说:"没有高副团长指导,我们的荒地还在荒着呢"。还有人说,"这两万公斤粮食来之不易,真是高水平生产管理结果。"大家七嘴八舌说不尽。最后大家一致表示,明年将 4000 亩盐碱地全部播种水稻。

经过 4 年努力,我们连盐碱地全部改良好了,如今是生产一年上一个台阶,粮食生产连年翻番,"高二万"由此传开。高文才由副团长升团长,又改行当政委,不论职务怎么变,他廉洁奉公,艰苦朴素,调查研究和关爱群众之风永远没变。1982 年离休,他仍保持清廉作风。

王永德:带领战士奋战 10 天埋设涵管

"一个优秀的领导干部,工作作风必然过硬。"这是 1968 年,高文才团长在独立团(现一五二团)年终总结表彰大会上说的一句话。

20 世纪 60 年代,独立团一营的广大官兵,在红山嘴开荒造田,兴修水利,干部战士同吃同住同劳动,干群关系融洽,劳动热情高涨。营长王永德是河北任县人,中尉军衔,1964 年转业来疆,任独立团一营营长。

1968 年的夏天雷雨多发。一天晚上,一场山洪将盘山渠中段 400 米长的渠道冲毁,若不及时抢修,会影响农作物灌溉。王永德带领一营官兵,奋战一天,将 400 米渠道全部修复,盘山渠畅通了。让我们没料到的是,一个星期后,暴雨、山洪再次将刚修好的盘山渠冲毁。面对灾情,王永德分析说:"治理盘山渠,是长久之计,也是解决排洪泄洪问题的关键。这个问题不解决,山洪一来,渠道必然遭殃,盘山渠永无宁日。"

经过大家研究决定,只有在 400 米宽的纳洪口地段,埋设地下涵管,才能解决排洪、泄洪的问题。一营申请书递交的第二天,团长不仅同意,还要求一营用 10 天时间完成这项任务。

于是,埋设地下涵管的战斗打响了,上百名战士加班加点地干。王永德和战士们并肩战斗,大家有的挖渠,有的搬水泥板,争先恐后地抢着干。战士们的手被磨出了血泡,汗水打湿了衣服,但大家全然不顾。

经过 10 天的辛勤劳动,400 米长的地下涵管保质保量埋设完毕,彻底解决了排洪泄洪问题。时间证明,经过无数次洪水的冲刷,盘山渠安然无恙,保证了万亩良田的灌溉。

今年 84 岁的王永德重游红山嘴故地时,感慨地说:"这里的山变绿了,水变清了,职工的生活更美好幸福了。"

罗学尉:捏泥土查墒情

罗学尉是甘肃天水人,1949 年随起义部队在石河子开荒生产。因为他会开拖拉机,被任命为机耕队队长。

1978 年,罗学尉调到独立团(现一五二团)任生产科科长,那时我在一五二团二连当连长。

二连地处红山嘴山脚下,全连有耕地面积 5317 亩,有一半的土地土层薄、盐碱大、石头多,被当地人称作"兔子不拉屎,乌龟不下蛋"的地方。

这样的地块,每年春耕保墒非常难。犁地时,拖拉机进地早了,土壤易板结;进地晚了,又会跑墒,所以,怎样掌握拖拉机适时进地犁地,对我来说是个难题。

罗学尉知道这个情况后,有一天他主动来到二连教我如何查土地墒情。他对我说:"小胡,如何掌握犁地时间,主要看三个细节,一般在阴天时,你抓把泥土用劲捏,然后松手,如果被捏的土成团不散,这说明地太湿,不能犁地;如果被捏的土慢慢散开,说明正是犁地的好时机,如果被捏的土不成团,这说明犁地晚了。"

我向罗学尉请教:"罗科长,查墒情为什么要在阴天的情况下呢?"他说:"这是我多年总结的经验,因为这里的土地盐碱大、土层薄,更适合这样查墒情。但你要问这是根据什么科学原理,我也说不出,只知道这样做一定能保墒。"罗学尉自信地对我说。

自此,我就按照罗学尉教我捏泥土的方法查墒情,这个方法果真不错,犁出的土地松软又保墒,可保证按时播种,且农作物长势良好,农业生产年年丰收。

如今 40 多年过去了,每当我看到一块块绿油油的条田,脑海里又浮现出罗学尉教我捏泥土查墒情的情景。

高文才：珍惜粮食不忘本

1972年，独立团（现一五二团）一连夏收工作刚开始，连队的小麦收获面积达3000多亩。因为时间紧、任务重，成熟的小麦一旦经雨水淋泡，容易霉烂。为鼓励职工尽快完成收割小麦的任务，团领导决定，给每人的定量伙食里多增加250克面粉。

一天，食堂专门为割麦职工做了白面馒头犒劳大家。到了中午，大家在9号麦地地头边吃饭边说笑，场面很是热闹。这时，24岁的许志龙从大桶里舀菜汤时，手中的半个馒头不小心掉在了地上。他捡起后，看到馒头上沾了很多泥土，使劲吹了几下，没吹掉，便把馒头扔掉了。

恰在这时，独立团政委高文才来检查工作。当他看见地上有半个馒头，便捡了起来。嘴里喃喃地说："这么好的白面馍，丢了多可惜呀！"他边说边将馒头上的泥土挑拣干净，然后把馒头吃了。

待大伙吃完饭，高政委对大家说："我想问问你们，一个馒头有多重啊？"话音刚落，就听大家齐声答："200克重。"他接着又问："有谁能告诉我，用多少麦粒才能蒸好一个馒头呀？"大家都沉默了。高政委见大家不吭声，又问："你们知不知道，小麦千粒重是什么意思？"许志龙第一个站起来摇头说："不知道。"

高政委见大家都答不出来，便掰着手指给大家算起来："同志们，什么是千粒重？就是1000粒麦粒的重量。去年你们种的小麦，由于灌浆期受到干热风的影响，造成麦粒灌浆不饱满，千粒重才37克。今年小麦灌浆不错，籽粒饱满，我估计，千粒重在45克左右。我就按43克计算，200克的白面馒头，需要5000粒麦粒磨出的面粉，才能蒸出一个200克白面馒头。你们丢掉半个馒头，就等于丢掉2500粒麦粒子呀！如果按一棵麦穗结60粒麦粒计算，42棵麦穗才能收获5000粒麦粒呀。今天你们丢掉的不仅是半个馒头,还丢掉了艰苦奋斗的光荣传统!粮食是我们的生存根本,我们辛勤劳动,精心管理,不就是希望粮食能丰收嘛! 所以,爱惜每一粒粮食,要从每个人做起。"

坐在一旁的许志龙早就按捺不住了,他红着脸,站起身说:"政委,我错了,我向您保证,以后绝不会再浪费一粒粮食。"

许志龙老人于今年年初去世。40多年间,老人每次提起扔掉半个馒头的事,总是很惭愧地说:"浪费粮食太不应该了,政委那天的提醒,让我一辈子都忘不掉。我时刻提醒孙辈们,珍惜粮食,不能忘本啊。"

路玉英：不负众望挑重担

1966年，我在兵团独立团（现一五二团）一连当连长。这一年我连又超额完成团里下达的各项生产指标。为改善职工住房条件，我和连其他领导研究决定，抽35人担任建房任务，一年内要盖两栋土木结构平房。人员确定后，选谁当班长？

经过民主评议，大家一致同意叫路玉英来当班长。那时的路玉英已怀孕，她不负众望，勇敢挑起建房班长的重任。在不影响连队生产任务的情况下，建房工作在我连拉开序幕。

7月的一天，建房工地急需用铁丝固定屋架，班长路玉英为保证按期完成建房任务，自己跑到3公里外库房，找到保管员领回35公斤重的铁丝，她不顾自己身体有孕，把铁丝背到工地。我知道后对她说："这样的重活，你以后少干，安排别人去干，你怀着孕，怎么能干这样的重活？"路玉英笑着说："我有工夫安排别人背铁丝，还不如我自己跑一趟呢！"

路玉英就是这样不怕苦，不怕累的人，凡是脏活重活，她都抢着干。在她的带领下，建房班圆满完成连下达的建房任务。这一年，我连又有20对新婚夫妇搬进新房。

老连长讲故事

第四章　那永恒铭记赞美的兵团魂

　　胡友才以兵团文化为魂,以军垦故事为韵,创作出多篇群众喜闻乐见的快板作品,用艺术的魅力吸引群众、拉近群众,让大家更直观地了解兵团精神的内涵,真正达到了入耳、入脑、入心,成为军垦石城一道亮丽的文化风景。现选取部分作品呈现给大家。

爷爷奶奶有胆子

竹板一打呱呱响，开口就把实话讲
别的事情咱不说，表一表爷爷奶奶志气爽
爷爷奶奶有胆子，一起来到石河子
到了地方没房子，挖个土坑地窝子
睡觉铺着草帘子，开荒造田拉犁子
艰苦奋斗过日子，建设美好家园子

爷爷奶奶胆子大，来到新疆不害怕
挖个地窝就住下，屯垦戍边保国家
修渠修路盖房子，种粮种菜种棉花
瓜果蔬菜全种下，养牛养羊养鸡鸭

如今石河子变了样，爷爷奶奶功劳大
戈壁滩上建花园，盖起了高楼和大厦
爷爷让我快长大，学习文化保国家
爷爷奶奶退休了，建设还靠咱娃娃

夸夸游客章彩燕

打竹板走上来,夸夸游客章彩燕

章彩燕来自宝岛台湾省,专程参观军垦第一连

听了讲解看实物,心中发出惊喜和感叹

她激动地说,我今年活了 56,新旧事物见得多

过去只听人在传,大陆军队是好汉

能吃苦爱劳动,戈壁滩上建花园

我半信半疑来到石河子,参观军博和一连

真实美景感动我,耳闻不如亲眼见

千年荒滩变良田,鸟语花香绿林间

一切美景人打造,共产党的军队不简单

以上说的是实情,欢迎各地游客参观军垦第一连

中华民族要复兴,兵团精神代代传

　　那是 2006 年 8 月中旬的一天,台湾来了六男一女七位游客,章彩燕就是其中之一。章彩燕参观非常认真,还时不时擦眼抹泪,那是被军垦故事感动所致。

　　临别时,她说:"回台湾后,我要把军垦故事讲给我身边人听。"

　　为了宣传游客参观感受,胡友才把当时他和章彩燕的对话,编成快板,在南来北往的参观人群中宣传,以此来弘扬兵团精神,受到好评。

　　注:2005 年 5 月中旬的一天,台湾大中传媒有限公司的黄记者背着摄像机,在师市旅游局领导的陪同下来到军垦第一连。胡友才受领导安排,接受黄记者采访。之后,黄记者把采访录像在台湾播放,引来众多台湾游客。章彩燕就是众多游客中的一员。

祝福祖国更强大

新中国成立七十年了,中华大地沸腾了
国家建设强大了,国际威望提高了
科学发展进步了,5G通信领先了
人造飞船上天了,五星红旗也在太空飘扬了
国产航母下海了,深蓝计划实现了
亚投行成立了,很多国家参与了
"一带一路"发展了,沿线国家受益了
大河淌水了,小河也满了
国家富强了,人民富裕了
居民餐桌丰盛了,天天都像过年了
大鱼大肉吃腻了,粗茶野菜稀罕了
酒桌宴席不去了,人人忙着减肥了
花园小区建成了,有人住上别墅了
服务设施完善了,看病不出小区了
旧房平房不住了,一步登天上楼了
现如今我退休了,天南海北游玩了
见到新中国七十年变化太大了,我三天三夜说不了
祝福祖国更强大,我们心里真自豪

"戈壁明珠"石河子

打板子,说段子,夸夸"戈壁明珠"石河子
石河子好位子,天山北坡边边子
玛纳斯河西岸子,乌伊公路绕弯子
石河子,周围都有地名子
东边是个包家店子,西边是个沙湾子
北边是个夹河子,南边是将军山下地窝子
石河子是军人打造的新城子,她的格局就像个棋盘子
石河子城市建设对路子,高楼就像烟盒子
林带栽成行行子,草坪连成一片子
马路光得像镜子,行人走路靠边子
石河子人直性子,客人来了支桌子
上菜用的是大盘子,喝酒用的是大杯子
不会喝酒钻桌子,笑得大家捂肚子
石河子老人出门带凳子,坐在一起谝传子
六十年前石河子,一片荒滩芦苇子
天上飞的是大蚊子,地上跑的是精兔子
我们放下枪杆子,开荒造田拉犁子
汗珠摔成八瓣子,把人累成瘦猴子
艰苦奋斗一辈子,才让荒滩戈壁变成了花园子
现如今石河子,鸟语花香醉人子
联合国发牌子,人居环境优良城市的美名字
我们住在石河子,真是幸福一辈子
今天的石河子,参观旅游人数天天翻番子
假如你不到石河子,肯定你要会后悔一辈子

兵团创业初期有"三怪"

打竹板走上来,我有心里话儿说起来

今天不把别的表,说一说兵团创业初期有"三怪"

哪"三怪"

粗粮吃细粮卖,做成的衣服没有领子和口袋

兵团的姑娘不对外,这不是干涉别人谈恋爱

当年开发石河子,真是一穷又二白

那时候人拉犁开荒地,火烧芦苇照天外

军垦战士志气豪迈,要建座工厂留给后代

到南山伐木材,挖煤烧砖打土块

资金缺了怎么办

那时候,你想贷款也没处贷

苞谷窝头自己吃,省下细粮地方卖

为了节约每寸布,做成的衣服省去领子和口袋

功夫到玉石为开,石河子人硬是省吃俭用盖起了工厂一排排

当年那些新工厂,全都是兵团人省吃俭用盖起来

说完"两怪"道"三怪",兵团的姑娘不对外

(白)这不是干涉别人谈恋爱

当年解放军进军到新疆,和起义部队官兵就地转业把荒开

十万官兵战戈壁,白天干活光着个屁股把太阳晒

(白)因为那时没有女同志

全国支援大西北,山东湖南大上海

动员女青年来支边,两万八千女兵到了新疆

这时男女比例才有了改变

但还是男的多来女的少,很多梁山伯找不到祝英台

搁现在,内外政策都开放,只要男女真想爱
你招洋婿嫁老外,没人干涉你谈恋爱
以上说的都是陈谷子话,现在寄语军垦新一代
继承前辈创大业,兵团精神传万代

2015 年军垦第一连拜年献词

打竹板响连环,我给大家来拜年

拜罢年接着说,我给大家唱支歌

没有共产党就没有新中国

没有共产党就没有新中国

共产党辛劳为民族,共产党一心救中国

她领导我们消灭了贫困,她领导我们过上好生活

没有共产党就没有新中国,没有共产党就没有新中国

廉政勤奋永远是党魂

我们都是兵团人

我们都是优秀军垦人

弘扬兵团精神敢担当

传承兵团精神挑重任

兵团人时刻不忘中国共产党

吃水不忘打井人,紧跟中央紧跟党

我们的生活更甜美,抓好机遇求发展

军垦第一连,旅游事业宏图展

军垦第一连,红色基因这里传

我们都是兵团人,弘扬兵团精神当典范

更多道理不用讲,人人都会做周全

唱到这里算一段,唱得不好请包涵

明年过春节,看谁能披红戴花再相见

改革开放三十年

改革开放三十年了,中华大地沸腾了
国家建设步伐加快了,"三军"建设强大了
国产航母下海了,深蓝计划实现了
奥运圣火传遍全球了,北京奥运举办了
残奥会成功了,金牌第一拿到了
咱们的大中国国际威望提高了,三峡大坝建成了
火车通到拉萨了,南水北调工程启动了
新疆的天然气送到上海了
咱们的军垦第一连也开始重新打造了
大河淌水了,小河也满了
国家富强了,人民富裕了
毛主席领导我们翻身解放了
邓小平带领我们脱贫致富了
1978 年,全国人民忘不了
这一年,改革开放启动了
土地承包到户了,摸着石头过河了
工人的"铁饭碗"砸烂了,干部的"铁交椅"搬掉了
沿海特区开放了,好多人下海了
香港澳门回归了,小平的愿望实现了
黑猫白猫不争了,人人都去"捉鼠"了

三十年改革见效了,吃穿用的都有了
居民餐桌丰盛了,天天都像过年了
大鱼大肉吃腻了,营养过剩发胖了

大家忙着减肥了，粗粮野菜稀罕了
甜食东西不吃了，就怕得了糖尿病了
穿得花样也多了，让人眼花缭乱了
男人们西装领带打上了，女人们更爱收拾打扮了
一出门个个花枝招展了，就像时装模特走来了
姑娘们越穿越少了，肚脐眼露着了
小媳妇们忙着炒股了，老太太们都去跳舞了
老头子们玩鸟遛狗了，小孩子学习外语了

住房变化更大了，楼上楼下实现了
地窝子平房不住了，一步登天上楼了
花园小区建成了，有人住上别墅了
服务设施完善了，看病不出社区了
家家都有电脑了，人人都用手机了
要想和谁说话了，拿起手机按上了
叽叽叽，叽叽叽
亲爱的亲爱的，我想你想得发疯了
两个人拿着手机说上了

高速铁路建成了，全国火车提速了
蒸汽机车淘汰了，内燃机车普及了
三十年成就太多了，一时半会说不了
现如今我退休了，见到的事情太多了
十一届三中全会开过了，历史的经验总结了
改革的步伐加快了，科学发展观更加明确了

退休的老人休闲了，天南海北游玩了
那一天，我跟着他们登上将军山了
高兴的我"咔嚓咔嚓"照相了，一脚踏空摔倒了

照相机摔坏了,新新的裤子撕破了,两颗门牙磕掉了
2008年灾难过去了,抗灾的精神忘不了
柏油马路通到家门了,出门招手打的了
人们出行方便了,再也不用发愁了
该说的我说到了,不再占用大家时间了
我的快板结束了,我该回家过年了

老连长讲故事

拜 年

打竹板,走上台,没说快板先拜年
(白)大家新年好!我给大家鞠躬拜年了
大家鼓掌热情高,老头儿我心里乐陶陶
我鞠了躬,拜了年,我带着大家参观军垦第一连
(白)那位朋友说了
军垦第一连他不去,他说那里没啥好玩的
叫同志你先别急,听我给你说仔细
你的看法太陈旧,你的观念还是老黄历
现在的军垦第一连,与往年不一般
能参观、能体验,吃住游玩都齐全
重新打造的军垦第一连,旧貌换新颜
新地窝子新礼堂,就连厕所都很洋
水冲式,砖瓦房,瓷砖铺地板,高科技挂房梁
军垦涝坝搬到山上,扭扭龙头流水"哗哗"响
旁边还有瞭望亭,站在亭上观风光

礼堂东头是连部,连部连着连史房
连史房里有文物,听我一一说端详
进门摆着三件宝,铁锹、水壶和草帽
木杖犁、坎土曼,镰刀锄头和扁担
手刨子、木锯子,木匠弹线用的是墨斗子
火炉子、风箱子,打铁房里有铁砧子
播种机、扬场机,外国进口拖拉机
放映机、油印机,铁皮喇叭电话机

纺线车、织布机,马灯毡筒军大衣

独轮车、老牛车,三角筐子和爬犁

锈迹斑斑车轮子,印证文物奋斗史

件件文物是军垦红歌,我不一一往下说

艰苦奋斗传家宝,爱国教育课堂好

礼堂门前升国旗,五星红旗空中飘扬

篮球场、放映墙、文化长廊咏篇章

面粉房、豆腐房、烧酒房、木工房、打铁房

那边还有拓展训练场

训练场里有教练,拓展训练有花样

匍匐行、钻地网、踩钢丝、爬高墙,保你玩得乐洋洋

托儿所、邮电所、银行代办所,还有合作社

山洞子、地窝子、结婚典礼排队子

新婚洞房地窝子,里边住的是两口子

洞房里边很简陋:黄被子、白褥子,芦苇、杂草铺底子

枕头就是麦秸捆子

你想体验军垦生活,带着夫人公共洞房里边住一宿

保证你两口子一辈子幸福甜蜜蜜

说完住的再说吃,食堂里边有厨师

蒸煮烹调味道好,炒菜掌勺数第一

军垦饭菜有特色,游客吃饱还想吃

吃了上顿想下顿,念念不忘军垦人

(白)来点掌声鼓励

叫同志,我问你,冬天游玩哪里去

告诉你,就到军垦第一连

那里有:滑雪场、跑马场、玩冰球、保龄球、打老牛……

军垦趣味乐融融,保你玩得全身大汗流

现在军垦第一连,天下扬名人人传

仗剑扶犁记史册,军垦红歌唱万年

今年是军垦文化旅游年,我们要红红火火干一番

劝你赶快跟我走,参观军垦第一连

要不然你天天后悔吃不下饭

说到这里不算完,下次见面还在军垦第一连

欢欢喜喜过大年

打竹板，走上台，欢欢喜喜过大年

辞虎年，迎兔年，普天同庆贺大年

放鞭炮，贴对联，张灯结彩过新年

今年是"十二五"的开头年

各族人民乐开颜

人逢喜事精神爽，幸福不忘中国共产党

虎年喜事连连多，听我再把虎年喜事说一说

石河子农工商交旅游行业势头好

新闻媒体天天有报道

第一是，石河子党政干部抓机遇

招商引资一年实现 500 个亿

第二是，辽宁省市对口来支援

14 个农牧团场经济建设增效益

第三是，石河子人抓经济

产值一年突破 200 个亿

第四是，石河子旅游行业创奇迹

去年接待游客 300 万，收入达到 10 个亿

第五是，肯斯瓦特水利工程大枢纽

建成后，能蓄水、能发电造福人民万万年

第六是，石河子城市建设要扩大

北进南扩七十二(平方)公里

第七是，石河子棉花生产创高产

机采棉全国数第一

第八是，石河子运动健儿夺名次

30 个金、21 个银，还有铜牌四十几

第九是，石河子棉纺企业时运转

"中国棉纺织城"落户就在石河子

第十是，党和人民关心老同志

兵团又筹集资金 15 个亿

（白）干啥用

马上又要给老同志涨工资呗

石河子捷报实在多，我不一一往下说

说到这里算一段，来年春节我再接着说

欢迎你到军垦第一连

打竹板，走上台，我给大家介绍军垦第一连
（白）那位朋友说了
你的介绍我听过好多遍，故事讲重惹人烦
叫同志你先别急，听我给你说仔细
你的看法缺理论，故事有旧才有新
你不想听旧想听新，我保你一定很满意
现在就说军垦第一连，旧貌换新颜
新地窝子新礼堂，就连厕所都很洋
水冲式，砖瓦房，瓷砖铺地板，高科技挂房梁
军垦涝坝移植到山坡上
你要想用水，扭扭龙头流水"哗哗"响
（白）大家说，好不好玩呀
（白）好玩的还在后边呢
现在的军垦第一连，与往年不一般
能参观、能体验，吃住游玩都方便
体验生活有地窝子，食堂里面有军垦饭
南瓜汤洋芋片，香甜松软"黄金砖"
一碗菜一块"砖"，吃完不够有得添
饭后有个小休闲，又是打闹又撒欢
男男女女结成对，公共洞房拍个照片作留念
除了玩的还有看，礼堂门前有旗杆
旗杆上面挂红旗，五星红旗迎风展
礼堂后面瞭望哨，你站在哨卡看全连
礼堂东头是连部，连部连着连史房

连史房里有文物，今天我不想往下说
（白）哎，那位同志又说了，你这个同志真奇怪
该你介绍你不介绍，这不是扫人兴嘛
这位同志说得好，不是我今天不介绍
我在想：改变我今天介绍新花样
不说过去说现在，说说旅游集团传承军垦文化新现象
现象多现象好，我一时半时说不了
只因比赛时间限，说到这里算一段
要想听我说快板，欢迎你到军垦第一连

党的十九届五中全会放光芒

打竹板，啪啪响
人逢喜事精神爽
五中全会传佳音
全民乐得喜洋洋
五中全会传捷报
全民脱贫奔小康
欣逢盛世精神乐
国家富强民安康
五中全会放光彩
"十四五"规划来领航
欣逢盛世新时代
二〇三五年更辉煌
国家实现信息化
离不开北斗来导航
吃水不忘打井人
感恩不忘共产党
欣逢盛世记使命
不负时代创新功
牢记使命加油干
永远跟着共产党
五中全会放光芒
幸福生活万年长

第五章　那些传承兵团精神的青春面孔

石河子大学开设《兵团精神育人——名师思政导航》选修课,聘请胡友才担任"兵团精神育人校外思政导师",为同学们讲述他和军垦战士们当年的感人故事,描述兵团波澜壮阔的发展历史,展现令人动容的兵团精神。同学们纷纷表示受益匪浅,撰写心得体会表达自己对兵团精神的理解,以及扎根边疆、建设边疆的决心。

兵团人,兵团魂

唐 帅

那天下午,博学楼的教室里迎来了一位穿着黄色军装,头发花白却精神矍铄的老人——军垦第一连老连长胡友才。老连长说:"我这一辈子,只做两件事,第一件是开荒种地,第二件是弘扬兵团精神。"那么怎样弘扬兵团精神呢?老连长选择讲述兵团故事。

老连长宣传兵团故事有四个不计较,那就是不计较时间早晚,不计较路途远近,不计较人多人少,不计较有无交通工具,凡是有人的地方老连长都去。如果有人问老连长,您打算讲到什么时候为止呢?那一定会听到这样一句斩钉截铁的话——直到喊不动为止。老连长的话让我特别感慨,其实我们每个人的生命都是一张单程的火车票,生命从我们出生那天起,就像箭一样射向远方,我们能够把握的就是此时此刻,这无比宝贵的生命。在老连长心里,能够燃烧起熊熊火焰的,并且给老连长的一生以指引和动力的,是老连长对于自己认为最美好的那些价值的追求。对于我们,更应该学习老连长的精神,找寻到自己的目标,无畏流言蜚语,只需做下去,无愧于自己便够了。

保持热爱奔赴山海,忠于自己热爱的生活。老连长坐在椅子上慷慨激昂地对我们说,有一次在为同学们讲述过去的故事时,有三个小伙子说:"这都是以前的事了,有什么好说的,快下去吧。"老连长说:"做人的本质在灵魂,不在于你家有多少钱,有多少企业,你父母当多大官……没有老一辈人的栽树,怎么有后人的乘凉?孩子你不懂,不知道过去的苦,身为老师更应该耐心教育。"为了让孩子们更深刻地了解兵团精神,老连长在 25 所中学讲述兵团故事,这不是热爱又是什么呢?

老连长耄耋之年仍旧忠于热爱，忠于自己热爱的生活，忠于自己身为兵团人的骄傲，始终践行屯垦戍边的使命并且将它化作一个个精彩动人的故事，在一年年的接待中流传下去……老连长现在已经讲了十多年的兵团故事，累计6100多场，接待了90多万人，东边讲到乌鲁木齐，西边讲到乌苏和奎屯，或者是福利中学，又或者是监狱、企事业单位、学校、武警部队解放军驻地。热爱可抵岁月漫长，老连长将热爱做到了极致。

为人民服务，不求回报。奉献就如埋藏在地底下的甘泉，默默无闻地为人民缓解干渴。奉献就如春日里的一缕风，轻轻浅浅给人们带来凉爽。老连长一生都在为兵团奉献，从年纪轻轻一腔热血的小伙子，到现在耄耋之年仍四处宣传兵团精神。老连长认为"革命大家庭是个大熔炉，培养了我，教育了我，让我懂得很多知识，知道为人民服务，知道是为谁开荒，为谁造田，为谁屯垦戍边。"在那个艰苦的年代，听风当听歌，下雨当水喝，坷垃当枕头，芦苇当被窝，第一代兵团人奉献了自己的一切，才能让这一座座高楼拔地而起！这就是奉献，无私而伟大。古往今来，斗转星移，历史的长河里无数的英雄为我们奉献，才造就了如今幸福的生活和国家的繁荣。我想由衷地对这些将士，这些兵团人说一声：谢谢！

老连长出生于山东枣庄，和我是同乡，而我从山东省考到石河子大学，坐在教室里听老连长讲述兵团故事，既心酸又骄傲，我心疼老连长年轻时的不易，我骄傲老连长身为山东人能来到兵团作出如此巨大的贡献！而我因为来到石河子大学，和新疆和兵团结缘，对兵团精神从无知到侃侃而谈，老连长的讲解不仅让我对老一辈的兵团人有了更深刻的理解，而且让我对自己所学的专业有了新的见解。老连长正是当初那代无私奉献，立志扎根边疆的老军人的代表，正是因为那代军人们吃了数不清的苦，才在茫茫戈壁滩中，造出了那么一个戈壁明珠城市——石河子！

让兵团精神融入一代代兵团人的血液中

咸玉琴

胡连长已经83岁了，但依旧精神矍铄，这是属于那一代人的独特气魄，听着他讲经历过的那些事，仿佛可以看到军垦战士艰苦奋斗、自强不息的战斗史，真切又震撼。

当年的艰苦程度，如今难以想象。开发建设初期，军垦战士们每天早出晚归，有时匆忙间忘带碗筷，就用铁锹当饭碗；铁锹翻过来，还能写字，一把铁锹既做生产工具，又做生活、学习用具。夏季，上工前还要"化妆"，把泥巴涂在脖子、小腿等暴露部位，以减少蚊虫叮咬，下工时再跳进水渠里"洗"。石河子市创造出了新中国屯垦史上的诸多奇迹，胡友才在当连长的17年里，用笔记录下一个个感人至深的故事，他想把这些故事讲给更多人听。

2012年，八师一五二团建成"军垦第一连"，一五二团的第一代老连长胡友才回到故地，当起了讲解员。从缝补多年的黄棉袄到锈迹斑斑的铁锹，一个个老物件在胡友才的讲解下变得生动起来。"连队里的一草一木全都承载着我的记忆，这片土地和曾经生活在这片土地上的战友，早已烙进我的生命。"胡友才说。

石河子绿油油的一片树，正是老军垦人种植的，胡连长说戈壁滩上太阳火辣辣的毒，但只要有树就会很凉快，还能防风。"从我们来到石河子第一天起，就千方百计搞绿化，想尽措施积极把树种活。"胡友才说，为了种树，有些军垦战士喝着涝坝水，把从几十公里外运来的雪融水用于灌溉树苗，"石河子的一草一木，都由血汗凝成。"

胡友才曾在一次报道中说："党的十九届五中全会提出要建设社会主义文化强国，提高国家文化软实力，我余生最大的心愿就是希望我们的下一代能传承弘扬兵团精神，让兵团精神融入一代代兵团人的血液中，成为兵团人的精神支柱。"传承弘扬兵团精神，是这位 83 岁老军垦的新愿望，更是我们青年一代的志向。

　　回荡在耳边的不只是一段段历史，更是这座军垦城市的奋斗精神和灵魂。胡连长说："兵团精神是兵团人践行屯垦戍边的结晶，讲过去的苦不是叫大家再重吃一遍苦，而是让你们了解兵团创业初期为什么说献了青春献终身，献了终身献子孙，你理解了，你就会做了，你不理解，你就不会做。我是兵团人，兵团精神是我们兵团人创业的宝贵财富，只要能讲我就宣传。"前人种树，后人乘凉，作为新疆人我们更应继承革命先辈吃苦耐劳的精神，为新疆的建设贡献出自己的绵薄之力。所谓听故事的初衷就是如此，我们没有经历过那样的艰苦生活，但是听到那段日子就知道那时的生活有多难，我们要牢记使命，努力学习，不辜负老一代为我们创造的幸福生活，不辜负国家对我们的期望。

愿无岁月可回首，一片冰心寄边疆

孟亚茹

你想象中的英雄是什么样子？是身披斗篷，身姿凛然，抑或是飞天遁地，无所不能？

我们都曾想象过很多英雄的形象，但没有一种，像他们一样：穿着老旧的服装，皱纹爬满脸颊，还有那举起的颤颤巍巍敬着军礼的手……而这一切，正是今天站在讲台上向我们讲述往事的胡友才老人的形象。但在整个讲述过程中，我看见的，却是他身上散发着的英雄所特有的，足以照亮世间万物的光芒，那是他将一生献给兵团的情谊，这道光引领着我们去追寻那段属于他们的光辉岁月，追寻那个几乎被当代年轻人所遗忘的答案。

他被称为"军垦文化的活化石"，曾被评为"兵团第二届道德模范"和"全国红色旅游先进个人"，他所编写的军垦故事和军垦快板数不胜数。他就是新疆生产建设兵团第八师石河子市"军垦第一连"的金牌宣讲员——胡友才。从曾经的一名连长到一名报社的编外记者，再后来，他成为一五二团"军垦第一连"的一名讲解员。如今，83岁高龄的胡友才老人，无论在哪个岗位，都始终坚守着那颗无私奉献、建设兵团的初心。

初次听闻胡友才老人，是在新疆生产建设兵团广播电视台《叩问初心》访谈节目上，胡友才老人一生兵团情的老军垦精神给我留下了深刻的印象，同时也激励着我，鼓励着我。如今，当我亲眼见到他，看见他为我们讲述兵团故事时欣喜的神态和眼神中闪烁着的光，我才真正理解了"一生兵团情"的含义。

把厚重的历史变成可以感同身受的故事，可以触摸到的记忆，这就是胡友才老人讲故事的初衷。上完这节课，我不觉陷入了沉思。我想，世间所有的岁月静好，是因为有很多人在为你默默付出，所有的和平安全，是因为有很多人在替你遮风挡雨。如今的年轻人都想着去北上广生活，但你有没有想过，毕业后的我们也许会到处投简历，恓恓惶惶地等一家企业收留自己，然后用我们最好的十年二十年忙着生存。

　　但我想问的是，我们年轻人能为这个国家，为边疆做些什么？我们想让这片土地变成什么样子？兵团精神值得传承与发扬，但并不是每个人都愿意留下来守护她，所以我希望每个石大人都要懂得，如果需要有人默默付出，如果需要有人忍受孤独，那么那些人为什么不能是我们？每个人都会死去，但并不是每个人都真正活过，我希望我们这一代年轻人不要为了生存而忘记初心与理想，我更希望在最后的最后，我们都可以云淡风轻，但满怀坚定地说一句："万头攒动，火树银花之处，不必找我。"而这也是胡连长的故事所带给我最大的精神启蒙。

背 影

吴佳梦

"快快快！排好队，一个一个上车！"

背着大包小包的人们终于坐上了回家的列车，我也不例外。

我拎着行李，怀着激动的心情进入了候车区，一个背影便映入了我的眼帘——同样的大包小包，半白的头发，蜷着的身体，坐在地上。我不意外，因为回家的路上我总能看到这种场景。有躺在地上睡觉的、有背着比自己还大的麻袋的、有靠着墙角吃泡面的……

"太苦了。"我心里想。也许，他们在回家的路上不觉得苦，因为要回家了。

我看着窗外，不禁想到，这以前还是片戈壁啊！如今已经能听到火车的声音，看到宽阔的马路，闻到树木的清香了！"真神奇！"我暗自想。

神奇的地方是由神奇的人创造出来的。这时，我想起了胡连长讲的那些兵团故事。胡连长说："当时，兵团人住的是地窝子，啃的是窝窝头，喝的是涝坝水，干的是重体力活，但大家的劳动积极性特别高。"听到这里，我脑海中便浮现了一个个身影。他们那被炎热的太阳晒黑的脸颊、疲惫的身躯、纯真的笑容一直在我的脑海中。

兵团人的生活很苦，但他们不怕苦。他们仍然很开心，仍然热情高涨，因为他们所做的不只是为了自己，而是为了西部边疆。也许，他们在离开家的路上不觉着苦，因为他们要服务祖国了。他们来自全国各地，扎根边疆，建设边疆，把汗水洒在了戈壁滩上，开辟了一亩亩田地，建立起了一栋栋高楼，把自己的一生都献给了边疆。

胡连长又说："为了给战士们成家，56名山东女兵被分配到七连参加生产建设，这些女兵就成了兵团第一代母亲。第一代母亲结婚时也十分简陋艰苦，没有洞房，只好三四对新婚夫妇住一个地窝子，每对新人之间仅仅隔着一层薄薄的蚊帐。没有婚床，有的连队甚至只好让年轻的夫妇去睡草垛……"看到当时婚房的照片时，我不禁感慨，母亲真的太伟大了！正是因为她们，兵团精神才能够传承下去，正是因为她们，兵团才能发展下去。

想到这里，我觉得所有的苦都是值得的，只有经历过苦才能体会到快乐。苦乐交织，生活才有味道。胡连长的一堂课让我看到了一个个为边疆建设的背影，他们拿上农具，自给自足，开辟田地，发展农业，时刻为国家准备着。那么，新时代的我们又有何作为呢？我望着窗外，思考着……

是啊，当时的条件那么艰苦，人们为什么会生活得那么乐观，那么繁重的劳动，人们却丝毫没有被吓倒，是什么在支撑着他们那样的生活？除了时代的因素外，我想更多的是一种激情，一种热爱，一种生活的信念和抱负！那么我们对生活的信念和抱负是什么呢？

"到站了，请旅客们准备下车！"我的思绪被打断了，拖着行李准备下车。行走在路上，形形色色的人们都朝着不同的方向走去，即使我们在同一列车下车，我们的目的地却不一样。我望着各种各样的背影，医生、保安、司机、工人……一时意识到每个人对生活的信念和抱负都不一样。那么我对生活的信念和抱负是什么呢？是像胡连长一样宣传兵团精神？是像军人一样守卫祖国？是像南疆支教教师一样做基层服务？我想了想，我要做一个普通人，燃烧青春激情、报效党和人民，没有惊天动地的伟业，却有着不畏艰难、执着坚守、始终如一的豪迈情怀。

兵团精神不仅是兵团人的精神财富，更应该是所有中国人的精神财富，是构筑伟大的中华民族精神的重要组成部分。它继承着中国共产党人的理想信念，凝聚着时代优秀的先进文化，融汇着社会主义核心价值观。那些普普通通的兵团人用终身的奋斗，在国家与个人、大我与小我、使命与逃避之间选择了前者，谨守着屯垦戍边的誓言。他们就像一座座灯塔，闪现出精神的光芒，指引我们前行的方向，让我们重新思考理想与信念，思考奉献与牺牲，思考幸福与满足，让我们知道自己的人生方向，让我们珍惜已有的一切，将小我融入国家、社会的大我之中，将幸福锁定在为祖国、为民族、为他人奉献之上。

作为一名石河子大学的学生，我总是有种自豪感，因为我知道兵团精神，了解兵团故事。兵团精神时时刻刻提醒着我，在祖国的西北部，有一群人坚守在那里，他们一生只做一件事，就是给祖国当卫士，他们就是兵团人。兵团故事也不知不觉影响着我，在祖国的西北部，有一群人在这里留下了许多震撼人心的故事，他们热爱祖国、无私奉献、艰苦创业、开拓进取，他们创造了一个又一个奇迹，他们就是兵团人。他们的背影也不断激励着我，要不怕吃苦，不怕受累，勇于担当，勇往直前！

传承兵团基因,建设壮美新疆

刘颖慧

老连长讲故事

第一次见胡友才老连长是在"兵团精神育人——名师思政导航"选修课,老连长作为特邀老师来给我们讲兵团故事。胡连长如今已是83岁的耄耋老人,却精神矍铄,面色红润,温和慈祥,穿着土黄色老式军装,衣服穿得整整齐齐,帽子戴得端端正正,戴一副老式眼镜,手中握着一把拐杖,腰杆笔直,依然能感觉到老人家的军人风姿。胡连长用山东口音,全程脱稿给我们讲兵团故事,讲他们的青春,讲那段艰苦的峥嵘岁月,讲他们的坚强乐观,讲他们维稳戍边的宏图大业。

胡连长说在一次讲解中,有一名学生针对老连长讲兵团故事反对说:兵团人当时该吃苦。胡连长心平气和地"理论"道:"我觉得做人的区别不在于生活的时代,也不在于他的家庭背景,不是我们就该吃苦,也不是你就该享福……"胡连长的一番话让那个学生心悦诚服,见微知著。将兵团视为第二故乡的胡连长是希望兵团人乃至中国人了解兵团历史、感悟艰苦岁月、铭记兵团精神，更是让精神引导好人生的航线。

我们所说何为故事？故事源于生活又高于生活，是对生活艺术加工后的产物。世界上的每一个民族，每一个国家都有属于自己的故事，中华民族创造过脍炙人口的故事，不论是口口相传，还是经史典籍的代代相传，无一不透露出正能量，并且携带着我们这个民族独特的基因，使中华民族生生不息，彰显中华文化独有的魅力。

陆游爱祖国留下一句"王师北定中原日，家祭无忘告乃翁"；杜甫屋不避雨记挂苍生"安得广厦千万间，大庇天下寒士俱欢颜"；如果李时珍不走千里访农民，不走万里尝百草，何以著成《本草纲目》；如果中国共产党不探索适合中国的道路，就没有新中国的诞生。从古至今，有不少热爱祖国、无私奉献、艰苦创业、开拓进取的故事，我们的兵团故事是中华民族优秀文化的基因载体之一。兵团精神是继承了独特基因，体现在如今第三代兵团青年身上。兵三代是趴在老兵膝头听着老兵故事长大的，这些故事早已种下热血的种子，在青年成长过程中随着认知视野的开阔逐渐生根发芽。

"人生代代无穷已，江月年年望相似"，兵一代开荒拓土、屯垦成边；兵二代跃马扬鞭、维稳成边；兵三代冉冉升起，站在前辈建造的高楼上，看得更远更宽阔，迎着新时代的浪潮，传承兵团责任感使命感，回应时代召唤，考量不断完善自身。

在工厂生产车间，兵三代不同于父辈手工制作打磨生产部件，而是坐在电脑桌前，轻轻点鼠标，就完成了机器自动化操作复杂的繁琐程序，这是兵团现代工业发展的画景之一；在电子商务方面，兵三代勇当时代弄潮儿，利用所学知识敏锐抓住机遇，迎接挑战，他们在一师七团的青年电子商务创业孵化基地通过网络销售各类农产品，成绩斐然。在七师的瑞豪电子商务产业园，他们创办的青年创业就业基地以及"小二欢乐谷"等电子商务创业项目在西北五省异军突起，用铁一般的事实改变他人认为新疆兵团是一片落后荒蛮之地的刻板印象，鼓舞了兵团人建设祖国西北边疆继往开来。在生态建设和环境保护方面,兵三代上下求索,绿水青山就是金山银山一定不是梦。

　　要说兵团的长久发展,新疆的稳定繁荣,新疆各民族人民勠力同心为实现"两个一百年"奋斗目标努力是一场接力赛,兵三代勇毅力行接过沉甸甸的接力棒,创造新的辉煌,在新疆多彩大地上,在祖国壮美山河中添上浓墨重彩的一笔,奏响青春与奋斗的乐章。

做担当民族复兴大任的时代新人

谭玮茜

"我只是一个讲述者,我的背后是我们那一代的所有艰苦奋斗的人,他们才是真正值得大家尊敬敬爱的人。"——胡友才

作为一名出生在 1937 年的老兵,胡连长的精神面貌给我留下了深刻印象,朱颜鹤发,声音高亢有力,一身黄军装蕴含着质朴的精神。胡连长在讲述过去的故事时认真而自豪,不难想象其过去的那段艰苦而灿烂的经历。听完胡连长的故事,我深刻地感受到了"热爱祖国,无私奉献,艰苦创业,开拓进取"这 16 个字的重量。

有人用热情激昂的诗歌歌颂祖国;有人用挥斥方遒的笔墨赞美祖国;而有的人用自己的汗水与血泪,在祖国广袤的大地上默默发着光,照亮了一个又一个后浪。胡连长说:"那时候国家穷,什么都没有,条件艰苦,但当时大家都是年轻人,干劲很足。"正是凭借着对这块土地的热爱,对新疆的一腔热血,从什么都没有,到今天的什么都不缺,处处彰显了兵团人的爱国情怀。爱国,不能停留在口号上,要扎根人民,奉献国家,这才是真正的爱国。

"我在新疆已经 40 多年了,想当年我也是一个帅哥,现在不行了,也就还能给大家讲讲故事了。"胡连长说,"我有四不计较,不计较报酬,不计较人数,不计较交通工具,不计较路途遥远,只要还有人想听我讲,那我就会讲到最后。"我相信我们都在人生的长河中续写着生命的故事,无论何时何地,奉献必定是一个永不褪色的片断,只有真正地理解"奉献"的含义,才能为人生留下欣慰的一笔。胡连长和他们那一代兵团人对这片土地的奉献,将会在新疆历史上留下重要的一笔。

没有碗筷，只得把铁锹用上，没有足够住房，我们就现修……过去艰难的生活，对于我们现在的人而言是遥远的，而对老一辈们而言，那是一本珍藏在心里，不敢随意翻开，却也不会忘记的相册。胡连长不忍时光任意的蹉跎，他想抓住那些还残留的回忆，于是他花光全部积蓄，买下了一台相机。一人一相机，记录下兵团那些弥足珍贵的宝藏，刚开始是自己写，到后来有人请他讲，还有不远千里而来的人们，只为亲耳聆听这些珍藏的故事，然后带着感动而归。

现在胡连长不仅讲过去的苦，更爱讲现在的甜。没有共产党就没有新中国，是党团结带领各族人民取得一次次的成功和进步；是党带领我们建设小康，走向繁荣富强；是党带领我们走向世界，让中华民族重新屹立于世界民族之林；是党的正确领导才将我们的祖国建设的如此强大，使我国的综合国力不断提升，国际地位不断上升，让我们在世界人民面前挺直了腰杆。记住过去的苦，跟着党走，继续开拓进取，只为让我们的日子越过越甜，越过越幸福。

忆往昔峥嵘岁月，展未来任重道远。我们要以时代为己任，把自己的一切献给党，要把实现自身的人生追求同党的事业、国家的富强紧密联系在一起，沿着正确的方向不断前进。我们要在学习过程中真正做到学深悟透、学以致用、学用结合，沿着党指引的方向，成长为担当民族复兴大任的时代新人。我们要牢记兵团精神，"热爱祖国，无私奉献，艰苦创业，开拓进取"，为社会主义现代化建设贡献出我们的全部才智。

我们需要像胡连长一般的讲述者

王婉婷

在一个风轻云淡的傍晚，我们与胡连长相约在石河子大学博学楼。一位神采奕奕的老人，着一身朴素军装坐在讲台上，将满腹的故事娓娓道来。我们在故事中忘却时间与空间，茫然地找寻，继而又如获至宝般窥见信仰的光芒，于迷失中寻得自我与成长。

胡连长是军垦第一连的连长，曾在连队里为前来参观的人讲解那些在这片土地上生活着的人和事。有些人似乎天生就适合讲故事，倘若将天赋与热情兴趣结合，那一定会是一个好的讲述者。胡连长无疑是一个好的讲述者，记得有一次有人请求胡连长讲个故事，时间在20分钟左右，胡连长就随便说了一个，15分钟过去了，大家强烈要求再讲一个，一个接着一个，就这样过去了2个小时……相信大家都有过看到一本喜欢的书、喜欢的影视作品，抑或是与喜欢的人攀谈，时间总是似箭似流水，于无声中消逝。胡连长会给我们这样一种感觉，我想这或许是他特有的人格魅力吧，让人忍不住想知道更多，想去了解他的故事，他的峥嵘岁月。

苦的存在是为了让甜更甜，可是有那么一群人不觉苦，只觉得日子很甜。我不知是日子很甜，还是他们本身的情怀与信仰很甜。时代在进步，回顾过往，总会不自觉地镀上辛酸的色彩，可在胡连长的回忆里，更多的是幸福的色彩。或许他们为了节省几尺布匹、几颗纽扣、几斗粮食、几块钱币，为了多为新疆的大生产购置一些先进的器械而食不果腹、衣衫褴褛，但他们仍然带着十二分的热情与激情去翻整土地，把沙漠变良田，带着好学不倦的精神去学习先进的开垦与建设技术，带着钻研求实的态度去创造适合新疆发展的耕作模式、生产模式等。

或许他们远离城市里的灯光与繁华，少了许多的乐趣，但他们会抓住一切时间去学习，开设成人教学班，从基础的识字认字开始，到后来渐渐可以独立去看一些书籍；从带着浓浓的乡土口音，到渐渐可以说得很好的普通话。培根曾说："知识就是力量。"而古今中外，很多圣贤也现身说法的教导我们，通过学习而获得的愉悦与乐趣是无穷的。比如，从浴缸里兴奋跳出并大喊"尤里卡，尤里卡"的阿基米德，孔夫子的学生颜回——"一箪食，一瓢饮，在陋巷，人不堪其忧，回也不改其乐，贤哉回也"。毛姆曾说："阅读是人生的避难所。"而从 70 年前的"华北之大，已经安放不下一张平静的书桌"，到如今的国泰民安，大家虽然有了书桌，但也增添了许多浮气，没有一颗平静的心了。通过胡连长的故事反思当下，作为新一代的青年人，我们应当更加具有热情与朝气，具有潜心学习，潜心看一本书的能力，做一个有情怀有信仰的人！

故事，似乎有一种神奇的魅力，可以向我们传达知识、情怀、信仰。他们在冰天雪地里无畏冻得皲裂的双手、发红的面颊，他们在黄沙漫天的土地下搭建地窝子，在吃饭时蜂拥而出，打饭时的嬉闹与玩笑声此起彼伏，倒也不失为荒漠中一道亮丽的风景。他们过着集体生活，吃住一起，打打闹闹竟也开心地度过那些难忘的岁月。他们不曾轻言放弃，面对没有禽鸟、没有植被，甚至连水都稀缺的环境时不曾想过落荒而逃。他们带着虔诚的心与祖国同在，献了青春献终身，献了终身献子孙，为单调的土地增添绿植、挖掘沟渠、种植粮食。这种革命乐观主义精神与革命奉献精神在当今是需要被我们讲述与传递的。

随着城市化进程的加快，学业压力、工作压力、养老压力等层出不穷，抑郁症、焦虑症等心理疾病的患病率也逐年升高。我们似乎在追逐中迷失了自己，迷失了初心，从而失去了信仰，变得脆弱与敏感，承受能力与抗压能力大大下降。但当我们站在客观的角度去感悟胡连长所讲述的故事，感悟故事中的人与事，或许可以收获一种更加开阔的胸怀，去悦纳自己所经历的事，从而体会到更加实在而深刻的幸福感。

老连长讲故事

习近平总书记曾说："幸福，是奋斗出来的！""撸起袖子加油干！""现在，青春是用来奋斗的；将来，青春是用来回忆的。"或许，以奋斗的姿态面对生活本身就是一种幸福。2020年值冬春之际，疫情来势汹汹，一批批90后、00后写下请战书，忍住了泪水、剪短了秀发、勒红了面颊前往第一线给千千万万国人一个国泰民安。同样作为一名00后，我也将不断努力提高与完善自身，学习专业知识，争取有一天也可以自信地说：我可以！

克莱尔曾说："人是为了某种信仰而活着。"从前人的故事中汲取信仰，用以指导完成当下的生活，我们需要像胡连长一般的讲述者！

可以看见星星的地窝子

王颖琪

　　1954 年 12 月，17 岁的胡友才来到石河子，成为第一代兵团人，从此，他在兵团扎了根。2012 年，八师一五二团建成"军垦第一连"，一五二团的第一代老连长胡友才回到故地，当起了"讲解员"。十多年来，胡友才义务讲解 6100 余场次，接待中外游客 90 多万人次。胡友才老连长已经扎根边疆 60 多年，如今 83 岁高龄的他依然坚守岗位，向大家讲述着兵团的人与物。于是，物品有了生命，人物变得鲜活，听的人也仿佛回到了那段艰难困苦却心中豪迈的岁月。偶然之下我有幸见到了这位老先生，有幸听他讲述了这座军垦城市中的奋斗和灵魂。

　　精神矍铄，军装笔挺，这是我对老先生的第一印象。讲解中老先生提到了最初的石河子，那时的兵团住宿条件极为有限，他住的是地窝子，"地窝子就是在地上挖个坑，拿木头当梁，找点红柳搭个顶，睡觉的时候，可以看见天上的星星。"寥寥数语，却能让听的人真切地感受到"地窝子"的模样。老先生记忆中的"地窝子"是简陋的，但在他的描述下我觉得也是浪漫的。时间不会给我们留下太多东西，60 多年的历史洪流冲淡了很多细节，但他却仍然记得地窝子是"可以看见天上的星星"的，那是怎样深刻的印象啊！环境的艰苦没有让他埋怨，他发现并记住的都是美好的事情，我想，这就是兵团人的乐观豁达吧！

　　在胡连长的讲述中，我对其中一个故事印象深刻。1965 年 8 月，那时的胡友才正带领连队修盘山渠。有一天突降大雨，因为四周没有可以躲雨的地方，连队中一个叫安素芳的姑娘不得不躲在山沟里避雨。不幸的是，山上突发洪水，19 岁的安素芳被洪水冲走了。连队中的徐克达恰好看见水中安素芳瘦弱的身影，就立刻冲上去抓住了她的手。遗憾的是，不幸并没有就此化解，因为水流湍急，毫无防备的两个人被冲到悬崖边摔了下去。听到这个噩耗后,胡友才下令:全连停工3天,寻找尸体!直到第二天,大家才找到了两人的尸体。听完这个故事我的心里久久无法平静,我感伤19岁姑娘在花一般的年纪陨落,感伤两个家庭的破碎,但我同时也敬佩,敬佩徐克达的义无反顾,在这场突如其来的自然灾害面前,徐克达没有退缩,他毫不犹豫地选择了救人。他是人民的榜样,更是当之无愧的英雄!

不同于背诵出来的故事那样生硬,在胡连长的讲述中,我们能感受到每个故事都有了灵魂,这些是岁月沉淀的结果。正是因为对兵团的热爱与怀念,胡连长的故事才变得生动感人。

从过去到现在,从贫苦到小康,是一代代兵团人的奋斗目标,也是他们披星戴月获得的成果。在这个过程中,有无数的先辈累倒在岗位上,在一代代兵团人的奉献中才有了现在这座文明的、充满活力的城市,与此同时,军垦文化也开始形成并不断发展。

对于军垦文化,老先生有着自己的见解,他说:"军垦文化是中国特色社会主义先进文化的重要组成部分,弘扬军垦文化不但是屯垦戍边事业不断发展壮大的需要,也是丰富和发展社会主义先进文化的必然要求。军垦,即派军队开垦荒地和生产,新疆的屯垦戍边之所以成功,这要归功于中国共产党的伟大领导。而文化是现实生活中的一种表现,是实实在在的体现。"为了更好地将这份军垦文化传播出去,83岁的他依然坚守在"讲解员"的岗位上,他说:"现在,我们的物质生活丰富了,人们生活水平提高了,艰苦奋斗的精神却淡化了,只是一味追求享乐,而忘记了奉献。"对于"奉献精神",他不仅是传播者,更是践行者,自从担任"讲解员"后,他就把这当成一项事业去完成,去热爱,并且努力地用这份热爱去感染身边的每一个人。他将传承军垦文化作为目标,在实现这个目标的过程中奉献自己。

作为新时代的接班人,我们更应该主动汲取军垦文化知识的营养,充分理解奉献精神的内涵,将军垦文化传承下去,实现自我价值,在祖国实现中华民族伟大复兴的征程中贡献自己的一份力量!

兵团精神代代相传

张 月

在"兵团精神育人——名师思政导航"选修课上,我有幸听到了胡连长讲述的兵团故事。胡连长用朴实的语言讲述出了一个个感人至深的兵团故事,感染了班级里一颗颗年轻的心灵。那些为新疆解放和发展作出贡献的人们,创造了一个个属于新疆,同样也属于中国的传奇!

胡连长带我们一起回忆了兵团创业初期军垦战士们的生活,共同聆听了由新疆生产建设兵团军垦战士用忠诚与热血谱写的创业壮歌。从戈壁滩上的地窝子到一座座工厂的建立,再到今天的花园城市,胡连长通过讲述他和战士们当年的感人故事,向我们生动地描述了当年兵团战士们一手拿枪,一手拿镐,开荒种地、屯垦戍边的兵团壮阔发展历史,同时也展现出了令人动容的兵团精神。

胡连长在课堂上说,当年的生活虽然苦,但兵团人都有一颗热爱党、热爱祖国、热爱人民的红心,所以大家以苦为荣,都在努力为兵团的发展作贡献。对啊,正是一代又一代兵团人的艰苦奋斗,在不断地开发新疆、稳定新疆、巩固边防、维护国家统一,才拥有了如今这个被誉为"戈壁明珠"的石河子军垦城市。说起今天的生活,胡连长充满了幸福感,他叮嘱在场的我们,一定要继续传承和弘扬兵团精神,因为只有这样,兵团才能更好地发展,大家的生活才会更加美好。

胡连长的身体并不是很好,但他仍坚持完成了一个半小时左右的讲座,并且做到全程脱稿。为了让我们更直观地感受当年的兵团岁月,胡连长还特地穿上了当时的军装,一套黄色的军装已经蒙上了岁月的痕迹,但这军装见证了这一代兵团人扎根边疆,征战沙场,屯垦戍边的历史。在祖国需要时,穿上军装,拿起枪,展现军人钢铁般的意志;当祖国暂时不需要时,拿起锄头、挑战千古荒凉,从地窝子到新营房,从盐碱地到产棉区,用汗水与热血,甚至是生命浇灌了亘古荒原上一朵朵娇艳的鲜花。

"献了青春献终身,献了终身献子孙",是兵团奉献精神最真实的写照。兵团人在几十年的时间内创造着、发展着、培育着一个新的家园,一个有生机的,有吸引力的绿洲。兵团精神将随着党的事业新征程而与时俱进、历久弥坚,永远指引我们前行,带给我们力量。我们不仅要感动一阵,更要铭记一生、弘扬一世,让兵团精神代代相传、处处扎根,践行兵团精神、珍惜美好生活,做出兵团高校学生应有的努力与奋斗!

传承兵团精神要在行动上

陈美霖

那天下午的"兵团精神育人——名师思政导航"选修课上，我见到了胡友才老连长，穿着黄色的军装，戴着黄色的军帽，人很精神，虽然拿着一根不大不小的拐杖，但是丝毫不影响他的精气神，从他的穿着打扮就能看出来，是个可爱的"小老头"，谈吐自然，偶尔还会开开玩笑，逗得大家和他一起开怀大笑。

"1937 年出生，山东枣庄人……"他用他那独特的口音做着简单的自我介绍。我细细地听着，他说他 1954 年参军，1959 年转业来到了新疆。63 个年头，见证了新疆的一片片荒芜之地发展为一座座美丽的城市。是多少个日日夜夜的坚守才能完成的壮举，让满头黑发都熬成了白发。我想如果是我的话可能吵着闹着要回家，或许压根就不会选择到新疆来。他讲故事时总是带着一丝笑意，好像不觉得自己过得有多艰苦，只是一些平常日子的琐碎罢了。

他说："所谓精神，就是坚不可摧的东西。"他还说："要热爱党，热爱人民，要不怕死！"说到这时，他的神情变得严肃起来，仿佛下一秒他就可以去冲锋陷阵！我明白，我没有像他一样亲身经历那些苦日子，所以我无法感同身受他所度过的每一个艰难的日子，但是我却发自肺腑地敬佩这位老连长，因为他一直穿着那身黄军装，就算颜色会褪去，但是他还会每天穿着，我明白，那是一辈子的无怨无悔！那时候国家穷，人只有靠精神力量才能过好每一天。

他说："传承兵团精神，不能每天呱呱地挂在嘴边，要在行动上！"1954 年当兵，当了 17 年老连长，他说他一生中只做过两件事情，一是发展生产，这是从他当兵时便一直坚持做的事情；二是宣传兵团精神,他说自己退休后觉得整天没事做,感觉整个人都空了一样,不自在,便拿出了家里面仅有的 6000 块钱,买了一个照相机和一个采访机,从此便开始了他的"宣传生涯"。他说,其实自己不会拍照,但可以摸索呀,学着学着便会了。一辆自行车,从团场的这头儿骑到那一头儿,挎着他的照相机,去往团场的每一个角落,那里的每一粒土,每一块石头都有着他的痕迹。他热爱着他的连队——军垦第一连,他喜欢向别人讲述兵团的故事,那总是让他有一股自豪感。他说:"我讲故事不在于有多少钱,不在于要给多大的官讲,不在于听众有什么样的爹妈,在于灵魂啊!"

他从不计较时间的早晚,不计较使用什么样的交通工具,不计较路途远近,不计较人多人少,有人听就行,这四个"不计较"便是他讲授兵团故事的原则。台湾记者、加拿大友人与他交好,喜欢听他讲故事,他便一直讲。胡连长认为讲故事就应该无私奉献,一次一名记者硬要塞给他 4000 块钱,说是辛苦他一直讲故事,他却坚决不要,他说:"我是代表军垦第一连给大家讲故事,怎么能够收钱呢?这不是在给兵团抹黑吗?快拿回去!快拿回去!"这便是这位老连长,他热爱这片土地,他见证了兵团从无到有、从荒到富,他过惯了每一个苦日子。

胡连长现在都还穿着那件没有领子、没有口袋的黄色军装。那个时候,兵团穷,黄色的军装都没有领子和口袋,一切从简。胡连长自己还打趣说:反正也装不了什么东西,有口袋拿来也是累赘,没有了倒还方便。那时候缺衣少食,他的这件黄军装可是超级宝贝,平时还舍不得穿。作为一个连长,他以身作则,他的一个战士砍了八亩地的苞米,他不服输,他说:"我一个连长,怎么能输给我的战士呢?"一个人砍了一天,最后,在苞米地里睡着了,等他醒来,天已经大亮。他喜欢那时候住过的家,一个五米深的山洞,常年有蛇出没,他却住了三年多,他说:"我是真的怀念呀,我的山洞,冬暖夏凉,生活也挺幸福的。"

就是这样一位朴素的老连长,把他的终身献给了兵团,献给了边疆,扎根在这,他是军垦第一连的老连长,他是兵团的好儿子!

后　记

又一场春雨过后，大地滋润，到处欣欣向荣。军垦名城——石河子，绿荫环抱，多姿多彩。我带着小孙女游览军垦文化广场时，空中鸽子飞舞，耳边鸟语欢歌，眼前花香四溢，游人笑逐颜开，这是多么美的地方。眼前的美景，不知不觉使我沉醉其中，感受着常人无法体会到的快乐。忽听一声"爷爷"的叫声，把我从幸福中叫醒。"爷爷你看，那位高大的爷爷是谁呀？怎么他身边还有一匹大马，他活着的时候喜欢骑马吗？"

我顺着小孙女手指的方向望去，目光停留在王震将军铜像上，脑海里往事翻滚如潮，王震将军查看灾情、冷秀芬病倒在稻田、指导员冒着零下40摄氏度的严寒雪地里为战士打猎物过年、三家合住一个地窝子、人拉犁开荒造田……这一幕幕战天斗地的场景仿佛就在眼前，让我想起了当年并肩战斗的战友。他们忍饥挨饿，任劳任怨，拼命开荒，戈壁滩上建花园，盖起了高楼和大厦，才有了我们今天幸福的生活。想到了他们，我身上增添了无穷的力量和干劲，使我更加坚定了弘扬兵团精神的信心和勇气。小车不倒只管推，我这一位老军垦只要身子不倒只管讲军垦故事。

斗转星移，时间已走过60多个春秋，兵团人在党中央的领导下，迎来了高科技信息发展的时代。兵团人由创业初期的刀耕火种，发展到今天掌握高科技的现代化生产工具，这全是共产党英明领导的结果。我们感党恩、知党情、跟党走，大力弘扬兵团精神，让"献了青春献终身，献了终身献子孙"的精神永存人间。

作为一名老军垦，我亲历了兵团的发展，参与了石河子的建设。如今，我已年逾八旬，但一直坚持宣讲兵团精神。晚年得书，我心中既喜又担心。喜悦的是，我的讲解成书，告慰了黄泉之下的战友，他们的事迹得到广泛的宣扬；担心的是，不知本书能否过得了读者关。但无论如何，我都会以诚心面对。

本书以述事的方式，弘扬了兵团精神。我本着讲真人、说真话、述实事、悟真性的原则，讲述了自身的经历和见解，目的是传承兵团精神，让兵团精神世代发扬。

在庆祝中国共产党成立 100 周年之际，谨以此书献给伟大的中国共产党！

感谢参与稿件的记者朋友。